JN066791
Wakamiya & Fujiki
「ひと夏のリプレイス」

ひと夏のリプレイス

遠野春日

キャラ文庫

この作品はフィクションです。
実在の人物・団体・事件などにはいっさい関係ありません。

目次

ひと夏のリプレイス …… 5
あとがき …… 250

口絵・本文イラスト／笠井あゆみ

＊＊＊

「若宮っ！　そっちはだめだ、戻れっ！」

おりしも激しさを増した雨が、張り上げた声を妨げる。

やはり聞こえなかったのか、それともわざと無視してか、若宮は足を止めることなく狭い登山道を先へ行く。

晴れているときでも歩きにくそうな道だ。ライトな装備で楽しめるハイキングコースからは外れている。若宮もそれはわかっているはずだが、不安定な足取りで、雨で滑りやすくなった地面を転びそうになりながら進む。意地でもお前の言う通りにはしないとムキになっているかのようだ。山吹色のレインウエアをアウターに着た背中の頑なさに、いっそ追いかけないほうがいいのかと躊躇いかける。

だが、すぐに、この状況で若宮を放ってはおけない、という気持ちが湧き、迷いを払う。

嫌われたとしても今さらだ。元々、若宮には煙たがられている。二年生のとき同じクラスになり、今年度も別々にならなかったので、同級生として一年二ヶ月あまりの付き合いになるが、友好的な関係だったことは一度もない。

――うっせーな。ダッセー制服ちょっとだけアレンジして着るのがそんなに悪いのかよ。ピアスが校則違反なことくらい知ってるさ。どうせこの茶髪も染めてるって疑ってんだろ。あいにく生まれつきだよ、これは。

初めて服装を注意したとき、似合わないふてぶてしさで返された言葉が脳裏に蘇(よみがえ)る。

若宮怜一(れいいち)。

すれ違いざまに思わず振り返りたくなる美貌とスタイルをした同級生は、街を歩けば、人口百三十万ほどの地方都市にもかかわらず、芸能活動しませんかと業界関係者からちょくちょく声を掛けられるらしい。黙って立っていれば貴公子然とした佇(たたず)まいをしているのに、喋(しゃべ)ると口が悪く、態度は反抗的で、校則破りの常習犯だ。それでも学校側が大目に見て、腫れ物に触るように接しがちなのは、若宮の家が代々続く富豪で、父親は県議会議員を何期も務める名士だからだと聞く。

――いいか、俺にかまっても無駄だ。そんな暇があるなら、一年の生意気なガキどもをどうにかしろよ、風紀委員長サマ。

真面目で堅物の優等生。いけ好かないやつ。自分とは合わない。若宮にそう思われ、避けられているのは知っている。

べつに嫌がらせしたくて若宮たちグループについてきたわけじゃない。

若宮とは特別親しくはないが、彼らが集まって遊びの計画を立てているところにたまたま行き合わせ、女子たちが一緒に行かないかと誘ってきたのだ。

週末、若宮家の別荘がある山に行き、一泊してハイキングをする計画だと言う。

勝手に話を進められて、若宮は嫌そうな顔つきになった。けれど、俺に声を掛けたのが学年で一、二を争う美少女で、彼女の機嫌を気にする取り巻きたちの頼み込むような視線を、若宮は無碍にできなかったようだ。だめだとはっきり言葉にはしなかった。

明らかに歓迎されていなかったが、少し迷った末に、行くと返事をした。正直、顔ぶれを見て、計画性があって慎重に行動しそうな、しっかりした者がいないことに、ちらと不安を覚えた。虫の知らせとでも言うのか、なぜだか胸騒ぎがして、いや遠慮しておく、といつもの調子で流せなかったのだ。俺が断るのを期待していたらしい若宮の、舌打ちせんばかりの苦々しげな表情を思い出す。

我ながらお節介だと思う。さして親しくもないクラスメートに交ざって、特に行きたいわけでもないハイキングに付き合うのだから。奇特なやつ、と同じ弓道部の秋津にも呆れられた。せいぜい王子サマに振り回されないようにしろよと言われたが、案の定その気配が濃厚だ。

だが、こうなったからには仕方がない。勝手な行動をして皆とはぐれた若宮を捜しに戻ったのは俺一人で、ハイキングコースを外れて適当な方角に進み続けるのを見て見ぬ振りするのは、人として無理だった。

あのとき感じた不穏な予感が的中しそうで、胸がざわつく。

雨で視界が悪い。山の天候は変わりやすいと言うが、本当にあっという間だった。先ほどまで青空が見えていたのに、灰色の雲に覆われて辺りが暗くなったと思ったら、雨がぱらつきだした。そしてそれが今や烟るほどの本降りだ。

「若宮、待て！　どこに行くつもりだ！　そっちはコースから離れるばかりだぞ！」

濡れた草や石で何度も滑り、足を取られかけたが、歩く速度は緩めず、徐々に距離を詰めていく。

「お前の知ったことか！　俺のことはほっとけ」

若宮は振り向きもしないで、苛立った口調で怒鳴り返してくる。

新調したばかりだと昨晩得意げに皆に見せていたウエアは上も下もずぶ濡れだ。茶色味の強い髪からも雫が垂れている。

「いったん別荘に帰ろう。濡れたままだと風邪をひく」

「帰りたきゃ、おまえ一人で帰れ」

「皆も心配してるぞ」

「ふん。どうだか」

どこか自嘲じみた、捻くれた言い方をする。日頃やりたい放題で、我が儘な印象が強い若宮の、誰にも晒せない心の傷が垣間見えた気がして、ますます放っておけない心地になる。

「若宮！」

歩幅の差で追いつき、後ろから若宮の腕を摑(つか)む。

「放せ！」

「いい加減にしろよ」

嫌われているのはわかっている。それはそれでかまわないが、考えなしで身勝手な行動ばかりする若宮の態度にさすがに堪忍袋(かんにんぶくろ)の緒が切れかかっていた。

「迷うぞ！　それにこの雨はしばらく続く。おまえは山を侮(あなど)りすぎだ！」

「うるさいっっ！」

癇癪(かんしゃく)を起こしたように叫ぶや、若宮は荒々しく手を振り解(ほど)く。細い体つきをしているのに思いのほか勢いが強く、よろけそうになった。

若宮はそのまま石ころだらけのぬかるんだ道に入っていく。道と言っていいかどうかも怪しい場所を、おそらく方角も把握しないまま闇雲に歩いている感じだ。

もう一度、後を追う。

地形はいちおう把握しているが、雨と靄(もや)で見通しが悪い中を若宮を追ってきたので、現在地を見失っていた。若宮が行く先がどうなっているのかわからない。

「うわぁあっ！」

突如、目の前から若宮が消えた。

「若宮っ！」

何が起きたのか一瞬わからなかった。

ダッシュして駆けつける。

近づいてみると、その先は小さな崖になっており、若宮は二メートルほど下の地面に落ちていた。足を踏み外して、草木に覆われた斜面を滑り落ちたらしく、尻餅をつく格好で座り込んでいる。

「おーい。大丈夫かー？」

屈み込んで身を乗り出し、無事かどうか確かめる。

だが、若宮は斜面に背中を預けて項垂れたまま動かない。どこか怪我をしているのか。もしかしたら気を失っているのでは、と心配になり、助けを呼ぼうとポケットからスマートフォンを出す。

「圏外か……」

どうする、と思案する。

木の根や小岩を足がかりにすれば崖を上り下りすることはできそうだ。若宮の状態を確かめてから別荘に引き返し、人手を連れて戻るなり、救助を要請するなりしたほうがいいだろう。意識があるなら、ここを動くなと若宮に約束させておきたい。

そうと決めたら迷いはなかった。

慎重に足場を選び、崖を下りる。

雨は少し弱まったものの、髪はぐっしょりと濡れ、顔に張り付くほどだ。体温も確実に奪われている。若宮もきっと同様のはずだ。

この期に及んで、もしまだ我を張るなら、引っ叩いてでも従わせる。無事に安全なところに着いたら、いくらでも怒るなり恨むなりすればいい。そう思いつつ、予想よりは楽に若宮のいる猫の額ほどの平らな場所に下り立てた。

「若宮、おい」

傍に膝を突き、肩を少し揺すって俯けた顔を覗き込む。

「……ああ」

若宮がやっと返事をする。

こんなときに気にすることではなかったが、睫毛の長さに妙に心がざわめいた。濡れて普段より濃い茶色に見える髪、白く滑らかな肌、気丈に俺を睨む大きな目。確かに若宮は、女子たちが「王子さまみたい」と騒ぐのも納得の、品のいい美貌をしている。

「怪我は？」

「捻挫した」

ぶっきらぼうに言い、唇を噛む。本当に悔しそうだ。他人に弱みを見せるのが死ぬほど嫌だと顔に書いてある。

「そうか。じゃあ自力で上に行くのは無理そうか」

「あいつらと連絡とったのか」

若宮は俺の質問には答えず、高飛車な調子で聞いてきた。どうやら自分でここを登るのは難しいようだ。素直にそう言わないところがいかにも若宮らしい。とりあえず、片意地を張るだけの元気はあるとみて、ホッとする。

「いや。ここいらは電波が届いてないみたいだ。若宮のは？」

「ポケットから飛び出して、この下に落ちていった」

運よく若宮自身は崖から迫り出した棚場に留まったが、一つ間違えばもっと下まで落ちていたかもしれない。そうなれば捻挫程度ではすまなかっただろう。

「別荘まで行って、助けを連れて戻ってくる。それまで若宮はここを動くな。いいな」

「俺に命令するな」

「今そんなこと言ってる場合か。いいか、絶対だぞ」

若宮の仏頂面を見据え、きつく言い含める。

口や態度とは裏腹に、色をなくした唇が細かく震えているのに気づいて、背負っていたリュックの中から予備の雨具を出した。ポンチョ型で、荷物を背負った上からでも羽織れるタイプのものだ。

「これ、掛けとけ。なるべく急いで戻ってくる」

若宮にポンチョを被せ、立ち上がりかけたとき、突然眩暈に襲われた。体力には自信があるほうだが、よりにもよってこんなときに立ち眩みを起こすとは。

「藤木？」

どうした、といつもと違って切迫した声が、くぐもって聞こえる。

うわあぁん、うわあぁん、と妙な音が耳の奥で繰り返しする。音というより波動が伝わるような感覚だった。気持ちが悪い。

足元が崩れ、平衡感覚を失って、グラッと視界が揺らぐ。

腕を強く引っ張られた気がした。

「藤木っっ！」

耳元で若宮が大声を上げている。

いきなり棚場が崩落し、若宮と一緒に墜ちていくようだったが、意識がどんどん薄れつつあって思考を妨げられ、事態をうまく把握できない。

ただ若宮を守らなければ、という気持ちが渦を巻く。

こうなったのは自分のせいかもしれない。若宮だけなら問題なかったのに、自分まで乗ったから崩れたのではと思った。

なんとかしなくては。

どうあっても若宮を巻き添えにするわけにはいかない。

そう強く思い、全身全霊をかけて祈った。

若宮だけは——どうか。神様——。

1

目覚めて最初に見たのは、知らない女の人の顔だった。

「しょう！　意識が戻ったのね！　すぐお医者様を呼ぶわ！」

……しょう……？

誰のことだ。自分の名前は怜一だ。若宮怜一。間違いない。起き抜けで思うように回らなかった頭が徐々にはっきりしてくる。

覚えのない白い天井、狭いシングルサイズのベッド、間仕切りの医療用カーテン——ここは病室か。なぜここに？　意識をなくしていた？

『藤木さん、どうなさいましたか』

「あのっ、すぐ来てください！　息子が目を覚ましました」

藤木さん……？　息子？

何を言っているんだ、この人は。

わけがわからず困惑する。

自分は藤木じゃない。人違いだ。藤木は……藤木将は、自分とは全然違う。なんで間違えるんだ。

あんな堅苦しくて真面目な、まさに風紀委員長という役回りがぴったりの藤木と、茶髪にピアスの若宮とでは、似ても似つかない。藤木は常に凜としていて、物静かで、真っ直ぐな印象がある。身長も十センチは違うし、弓道部で副部長を務めていただけあって体つきも立派だ。若宮はといえば、帰宅部で、毎日のようにカラオケやゲームセンターで遊んで過ごしてきた。共通するのは二年の時から同じクラスということだけで、ほぼ接点はないに等しい。

「あの。ちょっと」

全身が鉛のように重く、腕には点滴のチューブが刺さっていて、首を動かすのがやっとだ。どれくらい寝たきりだったのか、久々に出したと思しき声は、普段と全然違っていた。

まるで藤木みたいな低い声だ。なんだ、これ。だが、腑に落ちなくて戸惑っているのは自分だけで、傍の優しそうな女の人、おそらく藤木の母親は全く違和感を覚えていない様子だ。

「将。よかった。よかった」

掛け布団の上に伸ばした手をぎゅっと握り締められ、この人がどれだけ藤木を心配していたのかが痛いほど伝わってくる。

間近に顔を寄せてきて、今にも泣きそうな目で俺を見る。

「俺は……」

違う、藤木将じゃない。喉まで出かけた言葉を飲み下す。とても言える雰囲気ではなかった。

藤木の母は、若宮を息子だと信じて疑いもしていない。

頭がおかしいのは自分なのか。それとも、藤木の母親なのか。

「あの。鏡……」

「えっ？」

「……鏡を、見せてくれない……？」

いきなり鏡が見たいなどと言い出して、思いきり不審な顔をされたが、こっちはそれどころではない。顔を見て確かめないと。まずはそこからだ。

「いいけど、どうしたの？　どこか痛むの？」

ベッド脇に置かれたチェストの引き出しから四角いミラーを取って差し出される。

恐る恐る見た。

そこに映っていたのは、紛れもなく、藤木将だった。

半ば覚悟はしていたものの、頭に稲妻が落ちたような衝撃を受け、藤木の顔が目に入った途端、鏡から目を逸らした。

嘘だ。あり得ない。

もう一度、寝たままの状態で腕を上げて鏡を見る。

祈るような気持ちだったが、結果はさっきと同じだった。

今ここにいる自分は間違いなく若宮怜一なのに、姿形は似ても似つかない藤木将なのだ。

体は藤木で、中身は若宮。ひょっとして、入れ替わった……？　そんなばかなと笑い飛ばしたくなるが、他に説明がつかない。

でも、どうして？

わけがわからない。パニックを起こしそうだ。

他人と入れ替わるなんて、この先どうすればいいのだ。

「将……？　大丈夫？」

藤木の母が遠慮がちに言葉を掛けてきた。

ハッとして鏡を布団の上に伏せて置く。

「山で同級生のお友達と遭難したのよ。覚えてる？」

藤木の母は心配そうに、若宮の顔色を窺(うかが)いつつ言う。

そうだった。ああ、そうだった。思い出し、こくりと小さく頷(うなず)く。

「あいつは？」

よもや若宮自身は藤木の心を宿したまま死んだ、なんてことはないだろうなと、最悪の事態を想像してこわごわと聞く。

「若宮くんも一緒に救助されたわ。まだ意識が戻らないけど命に別状ないそうよ。あなたたち奇跡的に軽傷ですんだの。お医者様も、本当に運がよかったとおっしゃってたわ」

若宮のことを言うとき、ちらと隣のベッドに視線が行った。カーテンが引かれていて見えないが、そこで眠っているとわかって、ひとまずホッとする。

状況的に考えて、藤木の意識は若宮の体にあるのだろう。今はどうすることもできないが、若宮が目覚めれば、お互い本来の自分に戻れる可能性はゼロではない気がする。

廊下を急ぎ足で駆けつける靴音がして、医師と看護師二人がやってきた。

すぐに診察が行われ、気分はどうかと聞かれる。

どうやら丸二日眠り続けていたらしい。

ハイキングコースを外れ、崖から落ちて倒れていたところを、救助隊が見つけてくれたそうだ。落ちた先が草が群生した場所で、たいした怪我も負わずにすんだ。常識では考えられない強運だったらしい。

「全身を強く打っていますが、頭部外傷や骨折、内臓損傷はありません。念のため、明日精密検査を受けていただき、そこで何も見つからなければ、退院していただいて大丈夫です」

医師の説明を聞いている間、閉じたカーテンの向こう側が気になってたまらなかった。

若宮怜一の傍に家族や友人がいる気配はない。まぁ、そうだろう。いつものことだ。県会議員を務める父も、インテリアコーディネーターの母も、毎日自分の仕事で忙しい忙しいと言っている。子供のことは家政婦さんと家庭教師、そして県議秘書に任せきりだが、彼らも所詮は赤の他人、当たらず障らずで、必要最低限のことしかしない。他人の家庭に首を突っ込むのはトラブルの元、と承知しているのだ。

シンと静まり返った隣のベッドとは対照的に、藤木側の温かさが身に沁みる。

主治医とのやりとりを聞いていると、藤木の母は、二人が病院に担ぎ込まれたと連絡を受けてすぐ勤めを早退して駆けつけたらしい。それから意識を取り戻すまでの間、ずっと付き添っていたようだ。

藤木の家は母一人子一人で、父親は藤木が小学生の頃に亡くなったと聞いた覚えがある。

他人の家庭の事情を、ましてや、普段はどちらかといえば不仲なやつのことを詮索する気もないから詳しいことは知らないが、この母親を見ると、理想的な親子関係を築いているようで羨ましく感じる。一人息子が万一このまま寝たきりだったらと、目覚めるまでは不安でいっぱいだっただろうに、藤木を信じ、恐怖に耐えて、静かに見守っていたのだろう。

こういう家で育ったから、藤木は十七、八とは思えないほど思慮深く落ち着き払っていて、誰に対しても気を配る優しい人間になったのかもな、と納得する。

個人的には、口うるさくてお節介焼きの藤木をうざいと思うことが多いが、藤木の裏表のなさや、皆に一目置かれる人徳の高さは認めざるを得ない。自分なんかとは人間の出来が違うのだ。二年で同じクラスになり、噂に聞いていた学年トップの優等生と直に接したとき、真っ先にそう感じて、以来ずっと避けてきた。たぶん、若宮には眩しすぎて、劣等感を掻き立てられるから、関わりたくなかったんだと思う。

しかし、何の因果でこんなことになったのか。

よりにもよって、こいつとだけは相容れそうにないと敬遠してきた男と入れ替わるとは、どの誰の悪戯か知らないが、冗談にも程がある。

「あの、若宮のほうは……」

医者の話が一段落し、何か質問があるかと聞かれたとき、たまらず口にしていた。自分のことを他人のように話題にするのは違和感がありまくりで、口調が躊躇いがちになる。おそらく藤木はこういう喋り方はしないだろうが、意識を取り戻したばかりで本調子でないと母親も理解しているのか、変だとまでは思われずにすんでいるようだ。

「意識全然戻らないんですか。家の人は来てないんですか?」

「ああ、友達心配だよね。彼はまだ寝たきりなんだ。救急搬送されたこの病院、お住まいからちょっと遠いから、明日、近くの総合病院に転院する手筈になっている。そうしたら、きっとご両親もお見舞いに来やすくなるんじゃないかな」

医師は言葉を選んで言う。要するにご立派な親たちは一度もここに顔を出していないのだ。転院の手続きは秘書がしたに違いない。これもまぁ、予想通りだ。今さら失望など感じない。ただ、藤木の家庭との温度差に、心の奥が殺伐とするだけだ。

それではまた明日、と医師たちが引き揚げたあと、母親にぎゅっと手を握り締められた。

「気がついてくれて本当によかった」

「……母さん」

藤木なら自分の母親をこう呼ぶのかなと、じわじわと呼んでみる。握られた手の力強さに藤木を思いやる気持ちが籠もっているようで、いつまでもよそよそしい態度を取り続けるのが躊躇われた。いまだに起きない若宮の体にいるのだろう藤木の心が、どうか母に優しくしてやってくれと言ってそうな気がする。自分が意地を張ったせいで藤木までこんな目に遭わせることになったのだと思うと、さすがに後ろめたかった。

「ごめん。心配かけて」

自分の親には絶対に素直に言えないだろう言葉が、ぽろっと溢れ出た。我ながら驚く。藤木の母親が一言も責めず、威圧的な態度を取ったり、苛立ちを露わにしたりしないことに、かえって戸惑っていた。

こんな場合、父親は他人の目がなくなった途端、罵詈雑言を浴びせかけ、母親は冷ややかな眼差しをくれて、わざとらしく溜息を洩らすのが想像に難くない。心配してみせるのは世間に対するアピールのためで、本音は厄介ごとを起こしてばかりの不出来な長男など絞め殺してやりたいと思っているはずだ。両親のお気に入りは大学生の姉と中学二年生の弟で、二人がいれば自分は必要ない。そうした疎外感を、小学生の頃から感じていた。

藤木の母親の手は温かい。情の深さが表れているようだ。藤木は愛され、大事にされているんだなと、しっかり伝わってくる。

あいつが超の付く優秀な、自慢の息子だから……だろうか。

「警察から電話もらったときはびっくりして、生きた心地もしなかったけど、病院で先生から怪我はたいしたことないって聞いて、絶対目を覚ましてくれると信じてた」

枕に預けた頭をそっと撫でられる。間近に見上げる顔は、気持ちが和むような優しさを湛えている。穏やかだが芯の強そうな瞳が藤木と一緒だ。じっと見られると、心の中を暴かれそうな知的さがあって、わけもなく動揺する。だから藤木が苦手だった。虚勢を張ってばかりいる自分を見抜かれるのではないかと不安になり、それを悟られまいとして、避けていた。

さすがに今日が初対面の藤木の母親には、そこまでの恐れは抱かないが、平静を保つのには苦労する。

「若宮くんも早く目を覚ましてくれるといいわね。大事なお友達なんでしょ。救助されたとき、あなたが若宮くんを庇うような体勢で倒れてたって聞いたわよ」

「えっ？　いや……それは、たぶん、たまたまそんな格好になってただけだと思うけど」

崩落した棚場から落ちるとき、夢中で藤木の腕を掴んだのは覚えている。だが、その後の記憶は消えていて、どうなったのかさっぱりわからない。落下する際に藤木が守ってくれようとしたのか。責任感が強く、自分のことは二の次で、弱い立場の者の力になろうとする男だから、相手が誰であれ、同じようにしてくれた可能性はある。

「若宮くんって、県会議員の若宮剛志さんのご長男なのね。秘書の方からご丁寧にお見舞いの品をいただいたのよ。若宮の別荘に滞在中に起きた事故ですから、申し訳ありませんでした、って。若宮議員が治療費その他一切合切持つと申しております、とも言われたけど、お断りしたわ。あちらもご子息が同じ目に遭っているわけだし」

またか、と母親の話を聞きながら苦い気持ちになる。何かあれば金で解決しようとする。相変わらずすぎて笑うしかない。こうして第三者の立場で聞くと、傲慢さと事なかれ主義が鼻につく。父親のやり方を心の底から恥ずかしいと感じた。

「それでよかったよ。変な借り作りたくないし」

藤木もきっと同じ気持ちだろうと思い、迷わず言い切る。元々仲のいいグループは別で、同級生とはいえ、普段は必要なとき以外話すこともない程度の関係性だ。女子の誘いに乗って俺たちの計画に加わるとは予想外だった。絶対に断ると思っていたのに、どうした風の吹き回しか、今もって理解できてない。ひょっとして、クラス一綺麗で、明るく積極的な大泉のことが好きだったりするのだろうか。皆で一緒にいるところを見る限り、そんな感じはしなかったが。何かと絡みたがっていたのは大泉のほうで、藤木は他の皆に対するのと同様にフラットに接している様子だった。誰かに特別な感情を持つことなどなさそうな、ストイックな印象がある。

認めるのは癪だが、勉強ができる上に、弓道部の副部長まで務める藤木はモテる。一年の頃からバレンタインデーはすごかったと聞く。にもかかわらず、本人は彼女を作る気がまるでないらしく、浮いた噂を一度も耳にしたことがない。だから、たぶん、今回も目当ての女子がいたとか、そんな俗っぽい理由でハイキングについてきたわけではないだろう。

よくわからないやつ——若宮にとって藤木はまさにそれだ。出来が違いすぎていて、話が通じる気さえしない。だから、本当に放っておいてほしかったんだ。

「明日転院されるとは伺っていたのよ。ここは県境で家から遠いから、意識のない状態が長引くようなら、うちも考えたほうがいいかなと迷っていたの。その矢先にあなたが目を開けてくれて、悩まずにすんだわ。とりあえず三日間有休取って来たけど、この先ずっと休むわけにはいかないし、でも、傍にはついていたい。だったら転院させるしかないかな……って」

「もう大丈夫だよ」

藤木の母親にこれ以上迷惑をかけたくはない。目覚めてよかった。

同時に、両親が若宮を地元のかかりつけの病院に移すつもりだと知って、今度ばかりは素直に感謝する。藤木としていつでも様子を見に行けるのは願ってもないことだ。

藤木の母親は一時間ほど傍にいて、あれこれ世話を焼いたり、当たり障りのない会話を少ししたあと、また明日来るからね、と言い置いて帰っていった。駅近くのビジネスホテルに泊まっているそうだ。

この辺りから自宅がある県庁所在地の都市までは、電車を乗り継いで二時間余りかかる。確かに、うちの親がわざわざ出向くはずがない距離感だ。ましてや意識のないまま寝たきり状態で、怪我自体は軽傷と医者に言われたら、おまえ行ってこい、と秘書任せにするのも止むを得ない。……そうだ。仕方ない。あの人たちは忙しいんだから。

病室に残され、誰の目もなくなったところで、部屋の一角に設けられたトイレに行って、洗面台の大きな鏡でもう一度自分の姿を見た。

もう驚きはしないが、おまえは藤木将だ、という現実に直面するのは複雑な気分ではあった。見かけるたびに、面倒くさい、いけ好かない、と反発心が先に立ち、できるだけ顔を合わせないようにしてきた男が、鏡の中からこちらをじっと見つめ返している。

手足が長く、高身長で、頬や額に擦り傷や切り傷があっても、基本的な爽やかさや凜とした佇まいは損なわれていない。あらためてじっくり見ると、認識していた以上に目鼻立ちが整っていて、精悍な印象の美形だ。二日程度ベッドに横たわったままだったくらいでは、筋肉が落ちた形跡はない。若宮怜一としての本来の自分は、平均より少し高い背丈をしているのに体重は軽めで、全体に色素が薄いのと相俟って、中性的な容貌だとよく言われる。同じ男でも全然違っていて、興味深さから藤木の腕や胸板などあちこちを触っては感嘆した。

こっちのほうがいい――と一瞬思いかけたが、即座にその悪魔の誘惑じみた考えを頭から追い払う。いずれ藤木も目を覚ます。そして、若宮として生きることを全力で拒否するだろう。こっちも、これから先の人生を堅物で真面目一辺倒の優等生として生きるなどごめんだ。柄じゃない。お互いこのままでいいと思わず、元に戻りたいと願ったら、きっとまた何か不思議な力が働いてそうなるのではないか。安直で都合のいい考え方だが、今はそう思って藤木の目覚めを待つしかなさそうだ。

己の現状をつぶさに把握してから、足音を忍ばせて医療カーテンの中にいる若宮怜一の枕元に立った。

死んだようにベッドに横たわっているのは紛れもなく自分自身だ。

自分で自分を見下ろすのは猛烈に奇妙で、違和感しかなく、手を伸ばして自分に触れる勇気は出なかった。少し離れた位置から、よそよそしく眺める。

変なことを言うようだが、長い睫毛を閉じて眠っている若宮怜一を見て、こいつこんなに綺麗だったのか、と他人事のように感心した。藤木が庇ったからなのか、顔や腕など目につくところに傷らしい傷はない。医者が奇跡的に運がよかったと大げさに言うはずだ。本当にあの棚場から落ちたのかと疑いたくなるほど、二人とも損傷を受けずにすんでいる。

ただ、藤木の中に入った若宮は起きられたが、若宮の中にいるのであろう藤木は依然として静かに目を閉じ続けている。穴が空きそうなほど白い顔を注視しても、皮膚も睫毛も唇もピクリとも反応しない。いつ起きるかわからないと医者も言葉を濁していた。

ともあれ、明日精密検査を受けて問題なしと診断されたら、当面は藤木将として生きるしかなさそうだ。

外見や声は本人のものだからいいが、喋り方や行動に若宮の我や癖を出さないように注意しなければ。気を抜くと藤木らしからぬ言動をしてしまいそうで、おかしいと訝しがられはしないか心配だ。万一のときは、事故の影響で精神的に調子が悪いことにして、ごまかすつもりではいる。まぁ、なんとかなるだろう。神経はそこそこ図太いほうだ。

「でも、ずっとは無理だからな。……早く起きてくれ、藤木」

精神的にも肉体的にも弱弱しい若宮のほうが先に目覚めるなんて、だいたいおかしいじゃないか、と文句のひとつも垂れたくなる。藤木は若宮なんかよりよほどしっかりしているし、あらゆる面で優っている。頭脳も身体能力も正直、足元にも及ばない。なのに、こんな大事なときだけ遅れを取るとか、ちょっと情けなさすぎだろう。

やっぱり、こうなった原因は、自分が藤木の体を取ってしまったからか。

そうだよな。それ以外には考えにくい。

悪いことしたな。もっとも、こんなこと望んだわけじゃないはずだが。

胸の内でいちおう藤木に謝罪する。

誰にも相談できない、自分たちだけの隠し事。秘密。奇妙に繋がってしまった縁に、不思議な力の関与を感じ、ぶわっと鳥肌が立つ。

不意に、いつか見た光景が脳裏に浮かぶ。

一年生の秋、弓道場の脇を歩いていると、安土に掛けられた的にバシッと矢が突き刺さり、金網のフェンス越しに、なんとはなしに射手を見た。

堂々たる立ち姿の美しさ、凜とした気高さに、めったになく胸が騒いだのを覚えている。武道は礼を重んじるので、奔放で堪え性がなく、規律に従うことが苦手の自分には弓道も論外で

興味もなかった。けれど、たまたま目にした光景が印象深すぎて、瞼の裏に焼きつき、しばらく頭から離れなかったのだ。

あのときも今みたいに全身に鳥肌が立って、身震いした。

自分に何かしら影響をもたらしそうなものに出会ったとき、たまにこうなることがある。絵でも歌でも舞台でも物でも、対象は決まっていない。震えが走ったときの勘は、後々考えるとやっぱりなと納得することが多い。

しかし、藤木とどんな縁があるのか、そこはまだ考えが及ばなかった。

「あのときの射手、おまえだったんだと、だいぶ前から気づいてはいたけどさ」

だからなんなんだ、今さら、という気持ちにしかならない。そういうことなら、昨年度、二年に進級したときのクラス替えで同級生になったとき、何かそれらしい出来事が起きたのではないかと思う。だが、藤木と接して得たのは、自分たちは反目し合う関係にしかなれそうにないという感触だけだった。

「チッ」

面倒くさい。舌打ちして、ベッドを囲むカーテンを外から閉じる。

さっそく藤木がしないようなことをしてしまった。誰も見ていなかったとはいえ、今後は油断禁物だ。不審がられて、人格が変わったのではないかと追及されでもしたら、説明に困る。

本来の自分より十センチは大きい藤木の体には徐々に慣れてきつつあった。

明日の検査を無事クリアしますようにと祈り、ベッドに横になる。

目を閉じるとき、ちょっと怖かったが、翌朝普通に藤木としてまた目覚め、安堵と諦念を同時に感じることになった。

*

藤木の家は、東区の私鉄駅から徒歩八分ほどの、団地の三階だった。

一軒家に生まれ育ったので、集合住宅自体に馴染みが薄く、いろいろ物珍しかったが、あまりキョロキョロすると、自分の家の何がそんなに気になるのかと訝しがられそうで自重する。

外観は古めかしく、かなり年季が入っている感じだったが、室内は工夫が凝らされ、住み心地のよさそうな空間にしてあった。

必要なものが一通り揃ったキッチン、その隣のダイニング兼リビング、いずれもセンスよく纏まっている。家具にしろ家電類にしろ特別高価そうなものは見当たらないが、どれも吟味して選んだのだろうと思われ、長く大切に使い込まれた形跡が窺える。

日当たりのいい窓辺に置かれたカウンターテーブルには、生き生きと育った鉢植えがいくつも並んでいた。葉っぱ系の植物ばかりで、料理に使うハーブ類が多いようだ。

カーテンやテーブルクロス、クッションカバーなどのファブリック類も、合わせ方や使い方が工夫されていて趣味がいい。

全体的に温かみがあって、ちょっと雑然としているところに日々の暮らしぶりが感じられ、ほっこりする。家政婦さんの手で整然と保たれ、ホテルの客室のように綺麗で立派だが、常によそゆき顔をしていて落ち着けない若宮家とはまるで印象が違う。

「昨日一日検査で、今日は電車とバスの乗り継ぎで長時間の移動、疲れたでしょ。部屋で休んだら。母さん夕飯の買い物に行ってくる。食べたいものある？」

「唐揚げ、とか」

藤木の好物なんか知らないが、なんでもいいと答えるのも藤木らしくない気がして、無難なものを選んだ。唐揚げが嫌いというやつはまずいないだろう。

母親はにこっと笑って頷き、「将が元気でよかった」と嬉しそうに言って出掛けていった。自分としても、検査の結果、藤木の体に特に問題はないと判明し、安堵している。

一人になった隙に風呂場とトイレの場所を確かめ、それから藤木の部屋に行く。

藤木の家の間取りは2DKに納戸が付いたタイプで、四畳半と六畳の二部屋のうち、六畳のほうが藤木の勉強部屋兼寝室だった。

「へぇ。和室なんだ」

部屋に入るとき、他人の領域に土足で踏み込むようでやましさを感じたが、そんなことを気にしている場合ではないと自分自身に言い訳し、気を取り直す。

想像に違わず室内は片付いていた。

誰かがいきなり侵入してきて、あれこれ物色するような不慮の事態に陥ったとしても、慌てて隠す必要があるものなどないのだろう。

部屋全体にラグが敷かれ、ベッドと机と書棚、タンスが置かれている。机の上には何年か前の型と思しきノートパソコンと、授業で使うタブレット端末があり、教科書類は机と一体化した棚にきちんと立ててある。

今はまだ、藤木の私物に勝手に触っては悪いという気持ちが先に立ち、手を伸ばさずに見ているだけだが、明日からは普段通りに登校するので、藤木のふりをして授業を受けねばならない。藤木としてはさぞかし不本意だろうが、若宮だって迷惑してるし、困ってる。お互い元に戻るまでの辛抱だ。物理の教科書の背表紙を睨みつつ、藤木と自分に言い聞かす。藤木はどの科目でも優秀な成績を修める秀才だが、自分は理数系が不得意だ。かろうじて藤木に勝っているのは、英語と美術だけだろう。頭脳や身体能力はそのままなのか、それとも中の人間の能力に左右されるのか。後者なら、周りに怪しまれないようにするのは大変そうだ。

机の横の書棚には本がぎっしり詰まっている。大部分は文庫や新書サイズの本だ。灼けが目立つものが結構あるので、もしかしたら親から譲り受けたものが多いのかもしれない。古そうな本の大部分は文豪の名作だ。それから、ＳＦや推理小説もたくさんあった。

そういえば、と思い出す。一年のとき、藤木はクラスの図書委員だったらしく、持ち回りで記事を書かされる図書館報にエッセイを寄せていた。好きな本について語っていたのだが、それが読み手の興味を掻き立てる巧みな文章で、つい書店で買って読んでしまった。確かに面白かった。当時から藤木将の名前はクラスが違っても聞こえていたが、まだやつが生徒会入りして風紀委員長になる前だったので、ほぼ接点はなく、今ほど苦手意識はなかった。

「ほんと、なんでもできるやつだよな。……なんか腹立つ」

ついぼやきが出る。今になって疲れも感じられてきた。やはり体が本調子ではないようだ。どんなにスペックが高かろうと、つまるところ藤木も自分たちとそんなに変わらない一高校生なんだなと、当たり前のことを思った。

壁際のベッドに腰を下ろす。

ベッドも整えてあり、気まずくなるようなものは目につくところに見当たらない。藤木にも当然欲求はあると思うが、具体的に想像しづらく、自分たちとは次元が違う気がする。きっと、スポーツに打ち込むなどして健全に発散しているんだろう。

品行方正でストイック、面白みには欠けるが、顔もスタイルもよく、将来有望そうな藤木と付き合いたがる女子は多い。藤木をハイキングに誘った大泉もその一人で、行きの道中からチャンスがあれば藤木に近づこうとしていた。それに対する藤木の態度は、他のメンバーと接するときとなんら変わらず、大泉はじれったそうだった。ひょっとすると、脈のなさにプライドを傷つけられた心地になり、ムッとしていたかもしれない。一日目とは打って変わって、二日目は朝から藤木を避けているきらいがあった。

大泉は学内でも五本の指に入るほどの美少女だが、本人もそれを少なからず鼻にかけており、自意識過剰気味で、だいぶ面倒くさいところがある。どことなく弟に性格が似ている気がして、正直苦手だ。藤木が大泉にまったく靡く気配がなくて、ちょっと溜飲が下がった。若宮もたいがい性格が悪い。おそらく藤木は大泉が嫌いなわけではないと思うが、大泉としては好かれないことが屈辱に違いない。自分のほうから仲良くしようと近づいていったのに、その他大勢と同じ扱いをされるなど、あり得ないことなのだろう。

あいつ恋愛になんかさらさら興味なさそうだしな。

気づけば藤木のことばかり考えている。

自分は今、端から見たら藤木将なのだから、それは無理もない話だ。これからしばらく藤木として過ごさないといけないのに、知らないこと、わからないことのほうが多い。二年のときから一緒のクラスで勉強し、修学旅行や体育祭といった学校行事を共にしてきたが、友達グループが違うので個人的な付き合いはしてこなかった。

布団にバフッと背中を倒し、仰向けになって天井を見上げる。

友達グループというか、藤木には大勢でつるんでいる印象はない。もちろん、爪弾きにされて、どこにも入れてもらえないとかではなく、本人がそういうのは求めていないようだ。気の置けない親友が一人いて、そいつ以外とは分け隔てなく付き合っている感じがする。

「秋津亮介か……。俺、あいつも苦手なんだよな」

秋津もまた、同学年で知らぬ者はいないと言っていいくらい存在感のある男だ。二人が親友同士なのも有名で、肩を並べて歩く姿は双璧然としていて、思わずシャッターを押したくなるほど絵になる。

藤木と秋津は共に弓道部で、一年の頃から大会で鎬を削った仲らしい。二年になって三年の先輩が引退すると、秋津が部長、藤木が副部長になった。

例年運動部は夏休み前に三年が引退するので、あとひと月程度の間、藤木は生徒会の風紀委員長兼弓道部副部長というわけだ。役員系の仕事を掛け持ちしながらも、五月下旬に行われた中間試験ではまた総合成績学年一位だったとの噂で、怠け者の若宮からしたらバケモノとしか思えない。聞くところによると、特別奨学金を受ける条件が、毎試験学年で五位以内の成績を修めることらしい。普通のやつには無理だ。

ベッドに横になっていると、だんだん眠気が差してきた。

肉体は藤木だからか、ベッドの寝心地も、家の匂いも、しっくりとくる。

藤木の中に宿った若宮の意識だけが、この安心感から取り残されたようで、はじめのうちは妙な気分だったけれど、それも次第に薄れてきた。適応力の高さに我ながら感心する。藤木とは性格が全然違ってそうなので、絶対相容れないと決めてかかっていたが、生理的な嫌悪は感じないのが救いだ。意外と波長が合ったりするのかもしれない。

そのうちすっかり眠り込んでいたらしい。

将、と呼ばれて目が覚めた。

一瞬、時間が巻き戻ったかと思った。だが、今いるのは病院ではなく藤木の家で、状況は変わっていなかった。

「夕食の準備できたわよ。唐揚げとオムレツ」

鼻をくすぐるいい匂いがする。

ダイニングテーブルを見ると、真ん中に唐揚げが山盛りになった大皿と、プチトマトの赤がアクセントになったスペイン風の平たいオムレツがあった。手元には、取り皿と、ガラスの器に入ったグリーンサラダが置かれている。

「はい、どうぞ」

小ぶりの丼によそって出されたご飯の量に、小食気味の若宮は内心引いたが、食べ始めると、なんならお代わりもできそうなほど箸が進み、自分は藤木なのだといよいよ腹を括らされた。

食の好みも藤木のままらしく、普段は避ける梅干しも、いい塩梅に漬かったのよ、と言われて仕方なく口にしてみたら、よく知った味だという気がして、藤木はこれを食べ慣れているのだとわかった。

藤木の母親は家事全般得意のようだ。掃除は行き届いているし、料理は美味しい。昼間はフルタイムで働きながら家庭のこともちゃんとするあたり、勤勉な努力家の藤木と似ている。こういう母親に女手一つで育てられたら、常に感謝の気持ちを忘れない、謙虚で思いやりのある人間になれそうな気がする。

うちとは全然違うなと、込み上げてきた苦いものを喉元で抑えつける。

若宮の母親は、県会議員の妻であり、三人の子供の母親であると同時に、インテリアコーディネーターとして自分の会社を持つワーキングウーマンでもある。父親共々家にいることはめったになく、台所に立つ姿など見たこともない。だから食事は、物心つく頃から母親の味ではなく家政婦さんの味だった。今でもそうだ。何年かごとに来てくれる人は替わっており、中には味付けの好みが合わない人もいた。今の人は勤め始めて五年近くになる母親のお気に入りだが、料理は可もなく不可もなくだ。不味くはないが、メニューの繰り返しが多く、手の込んだものは避け、楽をしよう楽をしようという腹なのが透けて見える。まぁ、毎晩家で食事をする者がほぼいない家庭なので、家政婦さんのやる気が削がれるのもわからなくはない。両親は言わずもがな、姉と若宮は遊び保けて夕飯の時間までにはまず帰宅しないし、弟は塾通いで遅くなることが多い。

育ってきた環境が違うので、普通の人には当たり前かもしれなくても若宮には新鮮だ。誰かと一緒に食卓について、和やかに会話をしながら、うまい飯をがっつり食べる。あいつはいつもこうなのか。羨ましい気持ちが湧いてくる。もう何度目だろう。

「本当に明日からいつも通り学校に行くの？　金曜まで休んで、月曜からにしたほうがよくない？　無理は禁物よ」

「明日一日行けば土日休めるから、いちおう顔出しとく。無理はしないから。部活はしばらく休ませてもらう」

「そのほうがいいわ。五月に出た大会で大きな試合は最後だって言ってたでしょう。三年はそろそろ引退だって」

「ああ、まぁ、そうなんだけど」

弓道部のスケジュールがどうなっているかなど知らないので、下手なことは言えず、歯切れの悪い返事の仕方になる。藤木が饒舌（じょうぜつ）なタイプでなくてよかった。口数の少なさは家でも変わらないようで、母親もそれに慣れている様子だ。

食事のあと、今日は私がするから後片付けしなくていいわ、と母親に言われ、藤木は皿洗いなんかを引き受けていたんだなとわかった。あいつなら家の手伝いだって進んでやるだろう。他にも風呂掃除とかゴミ出しとか、家事を分担していそうだ。藤木の体が習慣的に動いてくれることを祈る。面倒くさいと感じる一方、昼間働いている母親に家事を全部負担させるわけにはいかない気持ちには共感できた。環境が変わったら、自分も案外まともなんだな、と我ながら思う。

「お風呂沸いてるから。さっさと入って今日はなるべく早く寝なさい」

「そうする」

若宮自身はこんなふうに親に構われたらイライラして、口調も態度も投げやりになりがちだが、藤木の母親の言い方がやんわりしていて押し付けがましさを感じないせいか、素直に受け止められる。小言っぽさがなく、親身になってくれていると思えるからだろう。

風呂場で全裸になったとき、鏡に映った藤木の姿をあまりジロジロ見ては悪い気がして、控え目にしておいた。それでも、弓道でついたと思しき腕や肩まわり、背中などの筋肉は無視しきれない見事さで、触って確かめずにはいられなかった。

同時に、藤木も若宮の体の中で意識を取り戻したなら、こうやって裸を見ることになるんだなと思い至り、冗談じゃないと狼狽(うろた)える。自分の裸は、他人に見せられるほど立派なものじゃない。筋肉のつき方も薄いし、男としては細すぎる。こんな見事な体軀(たいく)をした男に晒すのは嫌だ。藤木は他人を嘲笑(あざわら)うような性格ではなさそうだが、こっちとしては劣等感を刺激されていたたまれない。

「ああ……どうにかして、今すぐ藤木の意識と入れ替われないかな」

かけ湯をしてから、深さのある一昔前の型の湯船に身を沈め、ぼやく。口にしたところで叶(かな)うはずはないとわかっていても、苦手な男に赤裸々な姿を見られるときが来るかもしれないと想像すると、湯の中に頭を潜らせてわあっと叫びたくなる。

「……あいつがこのまま目を覚まさなくても困るけど」

理想は藤木が起きたらすぐ入れ替わることだが、手段も何も不明だし、そううまくはいかないだろう。昨日、検査を受けている最中に、若宮の体はこちらの総合病院に移送されたそうなので、とりあえず明日学校の帰りに様子を見に行くことにする。

洗い場に出て体を洗う際も、他人の体に触っている気まずさが付き纏い、なんとなく遠慮がちになる。髪や手足などはまだいいが、やはり、プライベートゾーンは微妙だ。洗わないわけにもいかず、恐る恐るタオルを使う。トイレでも極力視界に入れないようにしてきたが、開き直って見てみたら想像以上の立派さで、こいつに足りてないところはないのかと、神様に不平の一つも言ってやりたくなる。

風呂から上がると、母親に「明日の準備だけして寝る」と告げて部屋に引き取った。

そうは言っても、夕食前に二時間ほど休んだので、当分眠れそうにない。

勉強机に着いて明日使う教科書とノートを開いてみる。

「うわ。すご……、さすが優等生」

板書されたものをただ書き写すだけではなく、先生が言ったことを余白に注釈的に書き込んだり、自分で調べたと思しいことが補足されていたりしている。試しに全教科のノートを片端から見たが、どれも概ねこんな感じだ。

元々の頭のよさもあるだろうが、それ以上に勤勉で、真剣なのが伝わってくる。おそらく大学にも奨学金を受けて進学するつもりなのだろう。藤木の成績なら県内のトップ大学はもちろんのこと、関西や関東の名だたる名門校に合格するのも夢ではない。若宮と違って将来をちゃんと見据え、それを目標に一分一秒無駄にせず頑張っているのだろうと思われ、今まで感じたことのない焦りを覚えた。

普段付き合っている友人たちの中に、藤木のようなタイプはいない。当たり前のように高校に進学してきて、留年しないようにうまくやって三年間で卒業し、社会に出るまでのモラトリアム期間を親の金で過ごすために適当な大学に行く——自分も含めそんなやつらばかりだ。大学もＡＯ入試で楽に入れるところを狙い、入ったら四年間また要領よく遊びながら送る。

藤木にそんな話をしたなら、無言で眉根を寄せるのだろう。校則違反に関しては風紀委員長の責務を果たすためにうるさく注意しても、それ以外のことには口出ししてこない気がする。最初から藤木みたいなやつと友達になっていれば、今より少しはマシな人間になれていたかもしれない。一瞬そんな考えが脳裏を掠めたが、すぐに否定する。

びっしりと文字や図形が描かれたノートとは逆に、教科書は丁寧に扱われていて、落書きはもちろん、書き込みの類はされていない。重要な箇所にマーカーが引かれているくらいだ。

「ほんとクソ真面目。悪いやつじゃないのはわかるけど、俺やっぱ無理」

共通点が見当たらず、立ち位置が違いすぎていて雑談のネタ探しにも苦労しそうだ。

よりにもよって、明日からはそんな男に成り替わらなければいけないとは。先の見えなさ、事態の困難さに眩暈がする。

早く夏休みにならないかと机の端に置かれたスタンド式のカレンダーに視線を送る。

　まだ六月半ばで、一学期の終業日まで一ヶ月以上ある。しかもその間には期末試験が待ち構えており、それまでに元に戻っていなければ、藤木として試験を受けないといけなくなる。科目にもよるが、平均すると中の下あたりをうろついている若宮に、学年トップの成績が出せるはずがない。身体能力同様に、知識や頭脳も藤木のままならなんとかなるかもしれず、それに期待するばかりだ。ノートを見る限り、書かれている内容はだいたいわかるので、まんざら絶望的な状況でもない気がする。

「それより最大の難関は家での振る舞いと、秋津亮介かもな……」

　今のところ母親には、自分の息子ではないとまでは疑われていないようだが、本調子じゃないと思わせるにも限界はある。親友の秋津を騙(だま)すのはそれ以上に難しい予感がする。藤木と鎬を削るほど頭のいい男だし、勘も鋭そうだ。

「ぐだぐだ考えても仕方ないか」

　バレたら本当のことを話すしかない。話してもなかなか信じてもらえないだろうが、若宮だって困惑している。元に戻る方法がわかるなら教えてほしいくらいだ。

　若宮は正直、自分自身が、つまり若宮怜一という人間が、そんなに好きじゃないけれど、所詮、自分は自分の生を生きるしかないと頭ではわかっている。

　この体は、いずれどうにかしてあいつに返さなければいけない。

　そのことを忘れるな、と己に言い聞かせた。

2

藤木と若宮がハイキング中に仲間とはぐれ、意識不明のまま病院に担ぎ込まれた、という話は全校に広まっているらしく、登校するなり注目を浴びまくった。

「藤木、大丈夫なのか」

「藤木先輩！　聞きましたよ。大変でしたね」

「もう起きていいのか。あんまり無理するなよ」

誰が藤木の知り合いで、誰がただの野次馬なのかもわからないが、すれ違う人、走り寄ってくる人、遠巻きに好奇心満々の顔つきで見ている人、教師や事務員さん、購買部のおばさん、たくさんの人から声を掛けられたり視線を向けられたりした。

「若宮はまだ意識が戻らないらしいな」

たまに自分のことも聞いてくるやつがいて、ドキリとする。心配しているというより、興味本位な感じで、中にはあからさまにざまぁみろと言いたげな口振りの者もいた。取り巻きに持ち上げられて天狗になっている特別待遇のお坊ちゃん、そんなふうに若宮をよく思っていない連中が少なからずいることは知っている。

「よう。思ったより元気そうじゃないか」

隣のクラスの横を通りかかったとき、廊下に面した腰高の窓から秋津（あきつ）が顔を出して話し掛けてきた。一限目が終わって十分間の休み時間になったばかりだった。

苦手意識を持っている相手に不意打ちを喰（く）わされてギョッとしたが、どうにか藤木らしく泰然とした態度を取り続ける。

「ああ。日頃の鍛錬のおかげか、医者もびっくりするほどの軽傷ですんだ」

藤木らしく、藤木らしく、と心の中で唱えながら、藤木の喋（しゃべ）り方っぽくなるよう努める。

「ほんとよかったよ。事故の話を聞いたのが日曜の夜だったから、すぐ見舞いに行けなくて悪かったな」

「いや、搬送された病院ここから遠かったし、来てもらっても意識なくて話もできなかった。気持ちだけもらっとく。火曜の夕方くらいに目が覚めて、検査で問題なしと診断されたあと、すぐ退院してきたし」

確かに、と秋津が寄せていた眉を開く。

「そういえば、今まで校長室にいたんだろ。事故当時のことを聞かれたのか」

「よく知ってるな。登校するなり呼び出された。どうしてこんなことになったのか、詳しく話すように言われたよ。責められたり叱られたりはしなかったが。若宮がまだ意識を取り戻さないから、気が気じゃないのかもな」

「若宮、見た感じあんまり活動的な印象はないし、体力もそんななさそうだもんな。強い雨の影響で棚場が崩れたと聞いたが、そこから二人で落ちたのか？」

「足元が崩れる感覚があったのは覚えているんだが、その先は記憶が曖昧（あいまい）で、何がどうなったのかよくわからない。気がついたら病院のベッドだった」

「草むらに折り重なって倒れていたらしいぞ。硬い地面や岩場に落ちなくて不幸中の幸いだった。おまえも若宮も運がよかったんだ」

「そうだな」

命は助かったものの、中身が入れ替わるという常識では説明のつかない事態に見舞われた。これを運がよかったの一言ですませる気にはなれず、相槌（あいづち）を打つにも歯切れが悪くなる。ひょっとしたら秋津には打ち明けてもいいのかもしれないが、秋津は藤木の親友で、自分は秋津をよく知らないので、今ひとつ決心がつかない。秋津とは三年間一度も同じクラスになっておらず、部活や委員会などでも接点はなかった。こうして藤木の代わりに親友ヅラして喋っているのが本来あり得ないことなのだ。

秋津は聡明（そうめい）そうな目で若宮を見据え、僅かに首を傾（かし）げる。

「しかし、おまえが若宮たちのグループに交じって、若宮の家の別荘に泊まりに行くとか、どういう風の吹き回しだ？」

「まぁ、なんとなく。誘われたから」

知るか、そんなこと、と思いつつ濁した返事をする。

むしろ、こっちが聞きたいくらいだ。誰に誘われても、藤木はいつも遊びに関することには乗ってこず、さらっと断る印象があったので意外だった。

「ふうん。ま、いいけど」

秋津は何やら意味ありげに含み笑いをして目を細めた。なんのつもりだ、とムッとしたが、藤木ならこのままやり過ごす気がして、抑えた。

予鈴が鳴る。二限目の授業開始まであと五分だ。教室は隣なので焦る必要はなかったが、あまり長く喋っているとボロが出るかもしれず、「じゃあ、またな」と切り上げようとした。

「あ、ちょっと待て。部活、今日は休むのか？」

秋津に聞かれ、肝心なことをまだ言ってなかったと気づく。

「ああ。悪いな。月曜からは通常通りのつもりだ」

「悪いとか思う必要はない。若宮の容態も心配だろうし」

「え？」

意味がわからず眉を顰（ひそ）める。表情の変化に乏しい藤木の感情は、どうやら眉の動きや目つきに表れるようだ。藤木の体が俺の思考より先に反応するのでわかった。

「行くんだろ、若宮の見舞い」

「えっ、あ、ああ……そのつもりだが」

あっさり見抜かれて動揺する。単に鋭いだけなのか、それとも他にそう考える理由があるのか、澄ました顔からは察せられない。だから苦手だ、こいつも。

「早く意識戻るといいな」

秋津の言葉と眼差しは真摯で温かみがあった。いいやつ、ではあるのだろう。

若宮は無愛想な面持ちのまま一つ頷き、自分の教室に向かった。

＊

予想に違わず、若宮怜一の病室は差額ベッド代が必要な個室だった。父親が指示したに違いない。家族の動向も政治家としての自分の評価に影響を与える、といつもピリピリしている。不出来な長男には特に目を光らせておけと、家政婦や秘書に命じているようだ。

地元で一番大きく、設備も整った総合病院の待合室は、夕方近くなっても人でいっぱいだった。入院病棟まで来ると少し落ち着いた雰囲気になる。

怜一がいる部屋の前まできて、ドアをノックする。

「はい」

中から返事があって驚く。儀礼的にノックしただけで、てっきり誰もいないと思っていた。声で弟だとわかり、このまま回れ右して帰ろうかと本気で考えたが、それもなんだか尻尾を巻いて逃げるようで悔しい。今の自分は藤木将だ。赤の他人として、生意気な弟と何食わぬ顔で向き合うのも一興ではないか。

ドアを横にスライドさせると、最初に、ベッドの傍に立つ弟の若宮和樹と目が合った。

いるとわかっていても、顔を見ると不快な気分になる。

相変わらず自信満々の偉そうな佇まいをしている。学業成績の優秀さと家柄のよさを鼻に掛けた尊大さが滲み出ており、実の弟だが昔から一度として可愛げを感じたことがない。両親の前では物分かりのいい素直な息子を演じ、外面も完璧で、誰も彼もが本性を知らずにいるが、子供の頃から狡賢くて、優しさのかけらもない嫌なやつだった。周りがあまりにも簡単に騙されるものだから、年を経るにつれてどんどん高慢になり、他人を見下す癖がついてしまったようだ。怜一みたいな落ちこぼれは一族の汚点で、兄として敬うに値しないと馬鹿にされている。なのに、なぜおまえがここにいる、と問い質したかった。

「兄の同級生の方ですか」

よそゆきの声で聞かれる。表情もそれ用に作っていて、これなら傍目には兄思いの優しい弟に映るわけだと舌打ちしそうになった。

「藤木です」

「ああ、じゃあ、兄と一緒に事故に遭われたのは……」

自分だけ先に目覚めて申し訳ないという気持ちに自然となって、重々しく頷いていた。

変な話だが、中身が若宮怜一でも、藤木として存在している以上、少なからず藤木の癖や性格、習慣に影響されるようだ。たびたび、これは自分らしくないと感じる言動をすることがあり、そう考えたほうが腑に落ちる。

「弟の和樹です。聖稜学園中等部の二年生です」

県下一の難関私立校の名をわざわざ出して、さっそくマウントを取ろうとする。どうだ、すごいだろう、と言わんばかりの目をしており、そこに感心したふりをしないと藤木の印象が悪くなりそうだった。

面倒くさいとうんざりしつつ、ここは和樹を持ち上げて気分よくさせておく。

「聖稜なのか。すごいね。中高一貫教育の名門校だよね」

「べつにすごくはないです。うちの一族は皆ここなんです。……あ、兄は残念ながら受験に失敗して公立中学から今の高校に進学したクチですけど」

その公立高校の同級生の前で、悪気なさそうにさらっと兄を落とす。アイドルっぽい綺麗な顔に似合わぬ嫌味たらしさだ。こいつ本当に性格悪いな、と他人として向き合ってつくづく思う。相手を見て加減しながら毒を吐くので、親や教師たちは猫を被った和樹しか知らず、非の打ちどころのないいい子だとお気に入りだ。要領がよすぎて恐ろしい。

要領のよさに関しては姉の美樹もたいがいで、昔から怜一だけが出来損ない扱いされ、親に冷たくあしらわれてきた。家族の中で一人浮いた存在で、居場所がなく、次第に自分が疎まし

くなり、何もかもどうでもいいという心境になった。学校では取り巻きに囲まれ、特別視されてやりたい放題しているように見えるかもしれないが、うわべだけだ。虚しくて、それをどうにかして埋めるべく、たかってくるやつらを連れて派手に遊び回っている。だが、虚しさは増す一方で、毎日息苦しい。若宮の意識が体を離れ、自分と正反対の藤木の体を横取りしたのは、ストレスから逃れたい気持ちが奇跡を起こしたからかもしれない。

「藤木さんは、普段から兄と仲がいいんですか」

和樹が探りを入れるように聞いてくる。

「いや。仲がいいと言えるほどではないかもしれない。二年の時から同じクラスではあるが、クラスメートというだけで、休みの日に一緒だったのは今回が初めてだ。だから、なんとなく責任を感じている」

藤木ならこう答えるだろう言葉が、考えるより先に口から出る。若宮に対する遠慮や思いやりも含んだ、いかにも藤木らしいことを言っていた。

「責任なんて感じなくていいんじゃないですか」

和樹はベッドで眠り続けている若宮の体を一瞥して、突き放すような口調で言う。

「どうせ兄が強引に誘ったんでしょう。取り巻き侍らせて悦に入ってること、僕の耳にも届いていますよ。藤木さんはそういう感じのお仲間には見えないです。兄はすぐ感情的になって後先考えずに行動するところがあるから、いつかこんなことになるんじゃないかと思っていたと家族も言っています。自業自得ですよ」

名門校の制服姿で取り澄まし、滔々と辛辣な口を利く和樹の憎たらしさに、なんだと、と食ってかかりたくなる。こっちが寝たきりで反論できないのをいいことに、同級生に向かって、貶める発言をするなど許し難い。調子に乗りやがって、と怒りが湧く。それでも今は藤木なので、悪口は好きではない、と渋い顔をするくらいが関の山だ。

「若宮、まだ一度も目を覚まさない？」

気を取り直して話を少しずらす。

ベッドに寝ている姿を見た限り、容態は変わってなさそうだ。

「ずっとこの状態みたいです。起きないだけで、他の数値は正常の範囲内だと先生が言ってました」

寝ている顔にチラチラと視線を向けながら、和樹はそっけなく答える。

「お父さんとお母さん、心配されてるだろうね」

どうせ気分が上向きになる返事は期待できないのだから、両親のことには触れずにいたほうがいいんじゃないかとも思ったが、親の様子を確かめたい気持ちが勝った。

「ええ。でも、二人とも責任ある仕事をしていて、とても忙しいんです。なので、僕が今日学校帰りに寄ることになって。この後、学習塾に行くので、そろそろ出ないといけないんですけど。藤木さんが来てくださって兄も嬉しがっていると思います」

「よかったら、俺はもうしばらくここにいていいかな」

「どうぞ」

和樹はどうでもよさそうに返事をすると、校章がプリントされたスクールバッグを肩に担ぎ、さっさと帰っていった。いかにも義理で顔を出しにきただけという感じだ。

たぶん、若宮が寝たきりでいるうちは、家族はもう誰も来ないだろう。さっき和樹は、親に頼まれて見舞いに来たと説明したが、単に意識のない若宮を見て優越感に浸りたかったのだという気がする。そんな底意地の悪さを肌で感じた。そのほうが和樹らしい。

ベッドの脇に丸椅子があったので、それに座り、こんこんと眠り続けている若宮をしばし見守る。

血色は悪くない。頬にも唇にもほんのり赤みがある。肩を揺さぶり、名を呼べば、今にも普通に目を開けそうだ。

「おい。起きろ、藤木。俺だ。若宮だ」

耳元に口を近づけ、はっきりした声で呼び掛ける。個室で二人きりになる機会が、この先再び訪れるかどうかわからない。一度藤木に話し掛けてみたかった。

気のせいかもしれないが、頬がピクリと微かに引き攣ったようだった。もしかして、と期待して、しばらく息を詰めて、じっと顔を見つめた。だが、いくら待っても何の反応もなく、やっぱりだめか……と緊張を緩める。

あとどのくらいこのままなのか。自分では見たことがなかった寝顔を情けない気持ちで見下ろし、溜息を洩らす。藤木の母親によると、医者からは、いつ目覚めるかは何とも言えないと当初告げられたそうだ。体にはさしてダメージを受けていないのに意識だけが戻らない状態で、医学的な判断がしづらく、運を天に任せるしかないとのことだったらしい。

若宮は藤木の体を借りて早々に目覚めたが、藤木が本当に目の前に横たわる若宮の中にいるのか、確証はない。

嫌な考えが脳裏を掠め、悪寒が走った。

ひょっとして若宮が目を覚まさないのは、この体が抜け殻だから、なのか……？

いや、それはない！　すぐに否定する。思わず頭を強く振っていた。

藤木は絶対に若宮の体にいる。あいつはなんでもこなす、しっかりした人間だ。臨機応変で機転も利く。意地汚く生に執着した若宮に、おまえの体のほうが生存率が高そうだから寄越せ、と弾き出されるようなことがあったのだとしても、すかさず空いた体に入ったはずだ。

そうであってくれないと、困る。最後は祈る気持ちになり、両手の指を組み、ぎゅっと力を込めていた。

藤木の手は、指が長くて、節がはっきりしている。

まじまじ見ると、大きくて力強く、いかにも頼りがいがありそうだ。若宮の手とは全然違う。左手の親指が右に比べて太い。弓道をしているからだろう。道場で、静謐な眼差しをして、二メートル以上ある弓を構えていた藤木を思い出す。ギリギリと弦を引いて的を狙いながらも、無心を保とうとしているのが伝わってきて、たまたま通りすがりに見かけただけの自分まで身の引き締まる思いがした。

藤木は苦手だし、好きじゃないが、このままいなくなられたら後味が悪すぎる。こうなったのも元はと言えば、若宮がつまらないことで気分を害して皆と離れ、一人勝手にハイキングを続けようとしたからだ。見かねた藤木が追ってきて、帰ろうと言ったが、聞く耳を持たなかった。藤木に従うのが嫌で意固地になって反発し、ムキになって歩き続けるうちに道を間違えてルートから外れていた。これはまずいかもしれないと思ったものの、いまさら迷ったとは認められず、意地を張るうちに、藤木が言う通り、小雨だった天候がみるみる悪化した。

いきなりバケツをひっくり返したような豪雨に見舞われ、若宮は動転してしまった。

せめてあの時点で折れていれば、事故は回避できたかもしれない。だが、感情を昂らせていて、理性を働かせられていなかった。

自分のせいだ。

寝ている若宮の傍で、藤木の姿で項垂れる。

心と体、どちらか一方だけ助けてやるから選べと言われたら、藤木は体を選んだだろうか。体は容れ物で、心こそが己の存在意義だとは考えなかったのだろうか。

「……っ。だめだ。難しいことは俺にはわからない」

頭を抱え、若宮は情けない声を出す。こんなところを藤木を知っている人が見たら、どうしたのかと訝しみ、具合でも悪いのかと心配するに違いない。

「若宮さん、失礼しますね」

外から声を掛けられ、ハッとして居住まいを正した。

看護師が入ってきて、点滴のパックを交換する。

「お友達？」

「はい」

「来てくれてよかったわ。若宮くんもきっとわかってるわよ。早く起きないとって気になるんじゃないかな」

明るく気さくな女性看護師は、話し好きのようだった。

「反応がなくても諦めずに喋り掛けてあげて。体は動かなくても声は聞こえているかもしれないわよ。医学的根拠はないけどね」

「まぁ、でも、そういうこともあるかもしれないなと、俺も思います」

世の中には科学では説明がつかない不思議なこともあるのだ。身をもって実感している。

「学生さんも部活や勉強で忙しいでしょうけど、彼も一人で頑張ってるから、時間があったらぜひまた来てあげて」

人のよさそうな看護師だ。いかに見舞いに来る者が少ないか容易に想像がつく。

もしかすると、今し方までここにいた和樹にも同じことを言ったのかもしれないが、あいつなら淡々とした調子で「ええ、できれば」などと、全く気のなさそうな返事をしたに違いない。失意を帯びた看護師の顔まで目に浮かぶ。

六畳間程度の広さの病室には、備え付けの花瓶はあれど、花の一本も生けられていない。

本当の意味での友人は一人もおらず、家族を含め誰からも好かれていないし、こうした事態になっても、さして気にも留められない存在だろうとは思っていた。

そうは思いながらも、心の奥底では、それが自分の誤解ならいいと期待する気持ちがあったことを、今この瞬間、乾いた気持ちに襲われながら認めていた。どうせ自分なんかと最初から諦めていたなら、ここまで落胆しないだろう。

「来ますよ、また」

「ありがとう!」

看護師から礼を言われて、なんだか申し訳なくなる。赤の他人ですら、二、三日仕事として世話を焼いただけの患者を気遣う心を持っている。本来は母親あたりが頼むことだろう。自分の家庭がいかに歪(いびつ)なのか考えさせられる。一般的な家庭とは生活環境が異なる点を差し引いたとしても、ちょっと普通でないところが多いのではなかろうか。

若宮の体が意識を取り戻したとき、できれば傍にいたかったので、元々見舞いにはなるべく来るつもりだった。そんなに都合よくいくわけないのは承知だが、確率を僅かでも高めておきたい。いざというとき、いの一番に駆け付けてもおかしくない状況を作っておけば、不審がられずにすむ。

ひょっとすると、明日か明後日（あさって）には、いつもの遊び仲間たちが見舞いに来るかもしれない。今までの交友関係や、意識を回復させた後々のこともあるし、なにより事故が起きた際に自分たちもハイキングに同行していたのだから、知らん顔するのはまずいと考えるだろう。

あいつらと病室で一緒になるのは避けたい。二年の時から取り巻きをやっているやつが多いので、藤木の中に若宮っぽさを嗅ぎ取るかもしれない。さすがに中身が入れ替わっているとは考えないだろうが、余計な勘繰りをされたら面倒だ。ばったり会わないことを祈る。

あまり長居して帰りが遅くなると藤木の母親が心配すると思い、看護師が処置を済ませて出て行ったあと、若宮も引き揚げた。

そうだ。明日は花を持って行こう。病院のロータリーで路線バスの到着を待ちながら思いつく。花があれば、病室の寂しい感じが、少しは紛れるだろう。もしかしたら、花の香りが藤木の心を覚醒（かくせい）させる手助けをしてくれるかもしれない。

何がどう影響を及ぼすかわからないので、思いついたことはとりあえずやってみるつもりだった。

＊

若宮の入院先の面会時間は、土日の場合、午後一時から八時までだ。

昼に母親が作ってくれた冷やし中華を食べながら、この後、若宮の見舞いに行く、と話した。

本来の自分だったら、母親と一緒に食卓に着いて同じものを食べ、行動予定を教えるなどということはあり得ない。それ以前に、家族で食事のテーブルを囲むというシチュエーションがなかなかない。せいぜい年に数度あればいいほうだ。

だが、藤木はほぼ毎日、朝昼晩のどこか、もしくは全ての食卓で母親と顔を合わせ、その日の予定や出来事を教えていたようだ。母親の話からそう察せられた。藤木は家でも外でも振舞いや態度を変えることはなさそうなので、きっと口数は少なめで、母親相手でも他の人に対するときと同じく愛想のない喋り方だったのだろう。

うちの親は、若宮を見るたびに諦念と侮蔑が混ざった眼差しを向けてくるので、受験に失敗した中学生以降は特に、顔を合わせるのも苦痛だった。親が家にいる間はなるべく部屋から出ないようにしていたくらいだ。親が怜一にも普通に優しかったのは小学校低学年頃までだった。藤木みたいに出来のいい、優秀な息子だったら、美樹や和樹と同じに可愛がってもらえたかもしれないが、何をしても彼らが満足する結果を残せなかったのだから仕方がない。

「今日はちょっとでも容態が好転するといいわね。事故に遭ってもう丸一週間経つものね」

「花を買って行くよ。意識はなくても、少しは慰めになるかもしれない」

「そうね。いいと思うわ」

「母さんは、どこにも行かないのか」

藤木の母親は地元の中小企業で事務の正社員として働いている。給料自体は高くなさそうだが、土日祝の公休日はきちんと休めるし、何かあれば有休も取らせてくれて、職場環境はいいようだ。藤木家は母一人子一人のせいか、高校三年になった息子と母親が友達同士みたいになんでも話す。何も知らずにそう聞くと、マザコンか、とか、ちょっと引く、と変なふうに受け取ったかもしれない。だが、実際に藤木家を中から見ると、この母子ならアリだと思えるし、こうした環境を羨ましくさえ感じていた。

「書店に本を引き取りに行くわ。インターネットで取り寄せをお願いしていたのが入荷したって連絡来たから。ついでに夕飯の買い物してくる。あ、もしかして、お見舞い誰かと一緒？」

「いや、誰とも約束はしてない」

「……そう」

母親が返事をするとき作った間に、見た目の華やかさとは裏腹に、若宮の傍には誰もいない寂しい状況を気に掛けた心情が出ている気がして、テーブルの下で密かに膝に指を食い込ませた。情けなさとか恥ずかしさとかせつなさとかが湧いてきて、苦しくなる。

「若宮くんって、目を開けたら、めちゃくちゃ綺麗なんじゃない？」

母親は気分を変えるように、明るい声で軽めの話を振ってくる。

「まぁ、そうかも」

なにせ自分のことなので答えにくい。よく自意識過剰だとか、美貌を鼻にかけているとか言われるが、自己評価の低い人間なので、周りが期待するイメージ通りに振る舞っているだけだ。確かに綺麗かもしれないが、自分自身は、母親似の中性的すぎる顔が好きじゃない。ついでに言うと、ほっそりした体つきも、生まれつき淡くて悪目立ちする髪も嫌いだ。

「なぁに？　いつにも増してぶっきらぼう」

「べつに。……ていうか、なんだよ、その堅苦しい言い方」

「文学少女だから」

「知ってる」

不思議と、本来若宮怜一が使わない言葉が、母親との会話に合わせてポンポンと出てくる。まるで藤木が喋っているかのようだ。藤木の意識はきっと生きている。そう思ったら、安堵(あんど)と嬉しさに襲われて、胸が詰まりそうになった。目頭が熱くなり、鼻の奥がツンとする。どうやら、思っていた以上に、藤木を案じているらしい。

「なんて本？」

気を取り直して話を続ける。

「何年か前に直木(なおき)賞候補になった作品。最近その作家にハマってるの」

教えてもらった書名は知らなかったが、早く読みたくてたまらなそうな目をする母親を見ると、ちょっと読んでみようかという気になった。藤木もそうだが、母親も人をその気にさせる力を持っている。しぐさや喋り方に引き込まれるところがある。藤木が十歳のときに病気で亡くなったという父親はどんな人だったのか、俄に興味が出てきた。

示し合わせたわけではなかったが、家を出るタイミングが一緒になったので、並んで歩いて駅に向かった。

「あら、藤木さん。息子さんとお出かけ？」

団地の敷地を出るまでに母親の知り合い二組と行き合わせ、挨拶した。

若宮家は、山の手の住宅地の一角に、他を圧倒する広さの土地を昔ながらの高い塀で囲って建つ一軒家だ。近隣も豪邸だらけで、あまりよその家とは付き合わない。だから、こんなふうに外を歩いていて声を掛けられることはまずなく、若宮は内心戸惑いながら母親の横で会釈しただけだった。藤木もたぶん似たりよったりの反応をする気がする。

私鉄の駅まで徒歩八分あまりの道のりを、自分より背の低い母親と横並びで歩く。歩調は母親に合わせて加減する。若宮とならここまで差は出ないが、なにせ藤木は百八十超えの長身だ。脚も長い。

こうして傍を歩いていると、母親を大事にするとか、俺が守っていかなくては、という気持ちになるのが理解できる。若宮の母親は、とにかく気が強くて才気煥発で、自分にも他人にもとても厳しい。父親の秘書もたまにたじろぐほどだ。大昔の大女優みたいな近づき難い印象があり、弱みを見せるのを何より嫌う。守る必要など全くなさそうで、子供の頃から怖いとしか思ったことがない。

母親と一緒に外を歩くなど、物心ついて以来、初めてかもしれない。

歩きながら、ときどきポツポツとなんてことない話をする。公園で散歩している犬とか、歩道に生けられた植物の名前とか、今日も暑いね、とか、その場で見たもの、感じたことを脈絡もなく話題にする。

何がどうと言うわけではないのに、この感覚が、穏やかな空気感が、よかった。

金銭的に恵まれているとは言い難くとも、丁寧な暮らしが心の豊かさを育て、満足度の高い生活を送ることができる。自分もこういう形の幸せがよかったなと、ないものねだりしそうになる。

——もし、ずっとこのままだったら。

前にもチラリと考えた不謹慎な想像が再び脳裏に浮かぶ。

考えるな、と己を叱咤(しった)した。

これは藤木のものだ。母親も、藤木だと信じているから、息子として大事にしてくれるのだ。

誤解するな。決して若宮怜一が代わりに手にしていいものじゃない。

途中からは不埒(ふらち)な考えを消し去ることに意識を向けてしまい、気がつくと駅に着いていた。

「お花屋さん、ついて行こうか?」

「いや、いい。店の人に見繕ってもらう」

「お金足りる？　花、買うと結構するのよ」

「わかってる。大丈夫だから」

そう、と母親は目尻を下げて微笑み、じゃあここで、と駅ビルのエスカレータの方へ歩き去っていった。ここの四階に大型書店が入っている。

若宮は改札がある二階と繋がったビルの出入り口付近のフラワーショップに足を向けた。

自分で花を買うのは初めてだ。母の日のカーネーションですら買ったことがない。カーネーションなんか渡しても喜ぶ母親ではないと、わりと小さな頃から気づいていた。

藤木は、どうなのだろう。さっきの母親の言い方からすると、母親に花を贈ったことはなさそうだ。というか、母親が先回りして気持ちだけでいいと言ったから渡さなかった、と考えたほうがしっくりくる。

花から、カノジョの存在に思考が飛ぶ。

藤木将は入学時から何かと話題に上る存在で、同級生はもとより、先輩からも後輩からもモテていた。誰々が藤木に告白したらしい、という話は、覚えているだけで三度は聞いた。いずれも、断ったようだという話とセットだったが、もしかしたら、一度くらい誰にも知られずに交際したことはあるのかもしれない。

そこまで考えて、ふっと我に返る。

このところ暇があったら藤木のことを考えている。自分の預かり知らぬところで藤木と入れ替わったりしたものだから、考えてしまうのは無理もないが、今まで極力関わるまいとしてきた相手だけに不思議な気分だ。

どうしてこうなったんだろう。なぜ自分だったんだろう。もう何度自問したかわからない。肝心の藤木は出てこず、若宮の体は目覚めず、一人この状況に振り回されている。

「くそっ。いい加減起きろよ、馬鹿」

「え?」

フラワーショップの店先で花の手入れをしていたエプロン姿の女性が振り向く。悪態が口をついて出てしまい、慌てて「いえ、なんでもありません」と弁明する。真面目そうに落ち着き払った男の中身が、言葉遣いもなっていない軽薄な男だと知る由もない女性は、一瞬胡乱な目でこっちを見た。

「すみません。これから友達を見舞いに行くんですが、花束を作ってもらえませんか」

あらためて礼儀正しくお願いすると、女性の顔から険しさが抜け、「かしこまりました」と感じよく応対してくれた。藤木は好感度が高くて助かる。

花の代金は藤木が机の引き出しに保管していた封筒に入っていたお札で払った。千円札ばかりが入った封筒は、おそらく毎月の小遣いを入れておくものなのだろう。一月の間に使いきれなかった分が貯まっていき、何年越しかで残っている感じだった。もちろん、この花代はあとで返すつもりだ。いつになるかはわからないが、絶対に返せる日が来ると信じている。

三千円分の花束を持って、駅前のバス乗り場から病院を通るバスに乗る。

二十分弱バスに揺られる間、また藤木のことを考えていた。

取り巻き連中五人と若宮、いつものメンバーに藤木を加えた七人で特急電車に乗り、別荘に着いたのはちょうど一週間前の土曜だった。藤木と一緒に遠出したのは、去年の修学旅行以来だ。取り巻き連中とハイキングの計画を立てていたとき、藤木まで参加することになるとは夢にも思わなかった。

タイミングとしては、まさにうってつけではあったのだ。五月下旬に行われた中間試験の結果が発表され、七月初旬に行われる期末試験までの間の何もない期間だった。さらに藤木にとっては、三年生最後の大舞台である弓道の県大会もすでに終わっており、部活も一段落して動きやすかったのだろう。

藤木が何を思ってハイキングの誘いを受けたのかはいまだに謎だが。聞いても本人ははっきり答えなかった。「まぁ、たまにはいいかと思って」そんな返事をするのが耳に入った。聞いたのはもちろん俺じゃない。大泉(おおいずみ)だ。なんでもいいから喋っていたかった様子で、電車でもバスでも藤木の隣に座っていた。大泉を好きだとあからさまに態度に出している狭山(さやま)あたりは、苦虫を噛(か)み潰したような不機嫌顔だった。どいつもこいつも自分の欲に素直で感心する。

『次は、柳澤(やなぎさわ)総合病院です』

バスのアナウンスが流れた途端、シルバーシートに座っていたお年寄りが停車リクエストボタンを押す。常連客の慣れきった動きに負けた。途中まで上げた腕を、一抹のきまり悪さと共に下ろす。

土曜日の入院病棟は見舞客が多く、ざわついた雰囲気だった。

「あれっ、藤木くん。来たんだ！」

ドアを開ける前から室内に複数の見舞客がいる気配がして、しまったなと思ったが、回れ右するより早く、缶ジュースを五本両手に持った黒須が背後から近づいてきて、引き返せなくなった。ジャンケンで負けて自動販売機まで皆の分を買いに行き、戻ってきたところらしい。

仕方なく一緒に病室に入る。

室内にはハイキングに行ったメンバーが全員いたが、藤木の姿をした俺が入っていくと、一斉に気まずそうに目を逸らしたり、バツが悪そうにしたり、ソワソワしだしたりと、挙動がおかしくなった。

それもそのはずだ。窓の傍に置かれたベッドには昨日と変わりなく若宮が意識のないまま眠っていたが、日頃あれほどあからさまに構ってくる連中は、誰も近くにいなかった。全員、応接用のソファに集まっており、宴会さながらにスナックやクッキーなどのお菓子を開けて食べ、楽しそうに喋っていたようだ。

一人離れてベッドに横たわり、点滴で栄養を流し込まれて生きながらえている、俺。

ぐしゃりと胸を押し潰された心地がした。

どうせこんなものだろうと頭ではわかっていても、目の当たりにすると、やっぱりショックは大きかった。

「あ、あのさ。さっきまで皆で代わる代わる若宮に話し掛けてたんだ。全然応えてくれなかったけど」

「藤木もなんか話し掛けてやれよ。なっ」

狭山と吾野（あがの）が弁解がましく言う。

「私、先に帰る」

ソファの真ん中に座っていた大泉が、目を合わせようともせずに、いきなりすっくと立ち上がる。

「ち、ちょっ、待ってよ！　大泉さんっ！」

狭山が慌てて追いかける。

「……俺たちも、もう帰ろうか」

「そ、そうだね。三十分以上お邪魔してるし」

吾野と黒須に続いて高野も無言でついていく。

なんて滑稽なんだ！　自嘲するしかない。

寝ている若宮が何も見えず、何も聞こえないのをいいことに、見舞いと称して集まって、病室で打ち上げみたいなことをする自称親友たち。若宮は藤木の姿でここに来て、取り巻き連中の非常識さ、思いやりのなさを見せつけられる。茶番劇もいいところじゃないか。

センターテーブルの上に広げっぱなしになった、食べかけの袋菓子。さっき黒須が自販機で買ったばかりの、びっしり水滴がついた缶ジュース五本。ベッドの脇が定位置の丸椅子が二脚、ソファの近くに移動している。

嵐が過ぎ去ったような応接まわりはいったん置いておき、持ってきた花を備え付けの花瓶に生けた。ただ単に包装を剥がして茎を纏めていた輪ゴムを外し、そのままボスっと花瓶に入れただけだが、それをテレビ脇のチェストの上に飾ると、殺風景で辛気臭かった病室が、パッと明るくなった。

「おまえ、やりたい放題されてるぞ、あいつらに」

自分自身におまえと呼びかけ、込み上げてきた虚しさを噛み締める。なぜか怒りは湧いてこなかった。たぶん、知っていたからだと思う。あいつら、結局は、美味しい思いがしたいだけなんだ。若宮が毎月馬鹿みたいな金額の小遣いを貰っているのを知っていて、タダで飲み食いし、遊び耽りたいから、持ち上げ、チヤホヤする。意識がないところでは、見事なまでの放置っぷりだ。いっそ嗤いが出る。

それからしばらく、傍に立ったまま、自分の寝姿をじっと見下ろしていた。

白く滑らかな肌、形のいい唇、すっとした傾斜を描く鼻梁、自然にカールした長い睫毛。尖り気味の顎のラインまで、絵に描いたようだ。意識がないからか、見れば見るほど人形のようだとしか思えなくなってくる。

飽きるほど自分の顔を見てから、面倒だったがあいつらが放り出していったゴミを片付けてやった。万一また和樹が来たら、さっそく皮肉っぽいことを考えるだろう。それが嫌で、宴会の名残りを消し去った。

病室でどれだけ動き回ろうと、若宮の体は目覚める気配もない。自発呼吸しているくらい体は問題ないのに、なぜなのか。日増しに苛立ちも募っていく。

丸椅子二脚を元の場所に戻し、ぱっと見には何事もなかったように片付いた病室をぐるっと見渡す。

最後にもう一度ベッドに近づき、眠っている体に手を伸ばした。

そっと頬に指で触れ、手の甲で体温を確かめる。温かくてホッとした。

触れる指や手は藤木のものだ。無断で若宮に触らせて、悪いことをした気になる。もしここのことを本人が知ったなら、きっと不本意がるだろう。藤木は誰に対しても公平で、好悪を露わにしないできた人間だが、本音はそれとは別にあるはずだ。

「また来る。俺の体、このままだとあんまり可哀想だし」

悪いが、もう少しだけ付き合ってくれ、と体を見下ろして藤木に断りを入れる。

もちろんだ、と真顔で請け合い、静かに頷く藤木がすぐ傍にいる気がした。

＊

「そういえば若宮くん、まだ変化なしなの？」

自分の名前を誰かが口にするのが聞こえると、反射的にピクリと耳を動かしてしまう。

「知らない。先生、何も言わないから、そうなんじゃないの」

話しているのは黒須と大泉だ。黒須は大泉と一緒にいると引き立て役っぽさが勝るが、単体で見ると、クラスでも上から数えたほうが早いスペックの高い女子だ。大泉とは幼稚園の頃からの付き合いらしい。

大泉は根っからの女王様気質だ。どうやら別荘に泊まった日の夜、藤木に告白して断られたらしく、いたくプライドを傷つけられて、以来、藤木に対してよそよそしい振る舞いをするようになったようだ。

なるほど、それで病室でもいきなり帰ってしまったわけかと納得した。

こっちからも大泉に話しかける気はないし、機嫌を取らないといけない義理もないから、そのまま知らん顔をしている。大泉にしてみれば、それがまた悔しいのか、最近やたらとイラついていて、性格の悪さをちらちら覗かせるようになった。

黒須も若干引いているようで、「そうだね」と短く相槌を打つと、さっさと自分の席に戻る。

「藤木。あれからまた若宮のところに行ったか？」

今度は後ろから肩を叩かれた。狭山だ。そのまま前に回り込んできて、昼休み中で不在になっている前の席の椅子に、後ろ向きに跨る。

「何度か」

さすがに毎日というわけにはいかず、この十日ほどの間に四度見舞いに行った。滞在時間も短くなって、一昨日など十分くらいしかいなかった。

いつ行っても同じ姿で寝ているだけなのを見ると、だんだん気持ちが挫けそうになる。心がポキッと折れてしまわないよう、自分自身にセーブを掛けている感じだ。

「もう二週間近くなるのにな」

狭山の本心は見えづらいが、純粋に若宮を心配しているわけではないだろう。先日の病室での振る舞いが藤木の口から耳に入ったらやばいと思っているのが伝わってくる。そのうち開き直って、若宮が意識を取り戻してもあのときのことは黙っていてくれ、と頼んできかねない。

もう遅いんだよ、とこいつに何もかもぶちまけてやりたくなる。

さすがにそんなわけにもいかないので、

「心配だな」

と、わざと言ってやった。

「ああ。そりゃあ、心配だよ」

狭山はこちらの真意を探るかのごとく、ちょっと怯えが混ざった目をする。

「若宮とは一年のときから一緒にいるからな」

「きっと、直に目を覚ますと思う」

「……なんか兆候でもあるのか？」

「いや。なんとなく」

なんだ、脅かすな、と言いたげに狭山が眉間に皺を寄せる。

「あのさ。若宮がもし目を覚ましたら、なんだけどさ。……なんつーか、よけいなことを知らせてあいつの機嫌を損なわせたら、いろいろ、その、体にもよくない気がするからさ……」

狭山がまだるっこしく、わかるようなわからないようなことをそこまで言ったとき、新聞部の部長をしている山埜がドアを壊す勢いで飛び込んできた。

何事だ、とその場にいた全員が振り向く。

「戻ったってよっ！」

えっ、と誰かがびっくりした声を出す。

「若宮の意識、戻ったんだって！」

ついに、来た。

椅子から飛び上がりたいのを堪え、両手を開き、手のひらを見た。なぜこんなことをしたのか自分でもわからない。少しでも気持ちを落ち着かせようとして、だろうか。

指が十本とも小刻みに震えていた。

ぎゅっと拳を作って握りしめても、なかなか止まらない。

結局この日は、午後の授業二科目とも、ほとんど頭に入らなかった。

これでやっと藤木に会える。

元の体に戻り、この体は藤木に返す。

本音を言えば、手放しで喜べないところもあるが、ずっとこのまま他人に成りすまして生きるのなら、それはもう自分の人生とは言えない。

人は、それがどんなに不遇でも、辛(つら)くても、自分自身の生を生きるしかないのだ。

3

春休みが明けて、二年に進学して最初の学期が始まった。

始業式の日、学校に行くと、体育館の下のピロティに恒例の人集り（ひとだか）ができていた。クラス替え発表の、新クラス別名簿が、臨時に設けられた掲示板に貼り出されている。

きゃーとか、うえぇとか、やったーといった声がひっきりなしに上がり、教師が何度も同じことを叫ぶ。

「自分のクラスを確認した者は、速やかに指定のクラスに行くこと！　ここにたむろするな」

始業まであと十分足らず。若宮（わかみや）は細い手首に嵌（は）めた時計に視線を落とし、ふん、と面倒くささに一つ息を零（こぼ）す。黒い頭がぎっしり埋まった中に突進し、掲示板に貼られた紙を見に行くのがかったるい。

今どき掲示板かよ、とシラける。学校のホームページに閲覧者限定の鍵付きでアップすれば生徒も教師も楽だろうに、頭の固い伝統第一主義の校長が、毎年頑（かたく）なにこの行事を死守しているらしい。

始業時刻間際まで待てば人も減る。朝から余計な労力を使うのはごめんだと、体育館に上がる外階段の踊り場で不良座りしていたら、これまた面倒くさい男が俺を見つけて忠犬のように駆け寄ってきた。

「若宮さんっ、もう見ましたか。また同じクラスですねっ」

嬉しそうに言われ、また一年五月蠅く纏わり付かれるのかよ、とひっそり嘆息する。

「おーい、狭山ぁ」

今度はこいつが誰かに呼び掛けられる。顔は知っているが名前までは把握していない男だ。

階段の手前まで来ていた狭山が、背後を振り返り、「吾野！」と親しげに呼ぶ。

「狭山、やっとまた同じクラスになれたなぁ。中二のとき以来だぜ」

「そうそう、おまえの名前一番上に載ってた。よろしくな！」

「うちのクラス、学年トップがいるぜ。藤木将。俺、一年のときも同じクラスだった」

「ああ、一年で風紀委員長に抜擢されたやつだろ。俺ちょっと苦手」

「見た目から堅くて取っ付きにくそうだもんな。おまけに違反者には先輩後輩関係なくビシッと言うし。だから風紀委員長に推されたんだろうけど」

「秋の改選の時には、どうせなら生徒会長に立候補すりゃいいのにな」

「部活優先したいし、家庭の事情もあるから無理だってさ。あそこんち、お母さんと二人暮らしなんだよ」

ふうん、と狭山が相槌を打つ。

二人の傍を通り過ぎ、校舎とは反対の方向に歩き出した俺に、吾野とかいうやつとの喋りに夢中になっていた狭山が気づき「あっ、若宮さん！　すみませんっ」と狼狽える。

なんで謝るのか意味不明で、俺は聞こえなかった振りをする。あいつ、ちょっとウザい。悪いやつじゃないとは思うが、若宮さん、若宮さん、としつこくついてこられると、いい加減鬱陶しくなる。俺は臍曲がりなので、持ち上げられればられるほど冷めるタイプだ。逆に本気を疑ってしまう。口がうまいやつは本音と建前があることが多いので、警戒するようになった。

始業開始五分前の予鈴が鳴ったので、ピロティに集まっていた生徒たちは一気に減った。羊の群れのように、新しく割り当てられた教室にゾロゾロ歩いて行く。

その流れに逆らうように俺はピロティの奥へぶらぶらと向かった。

この先には弓道場がある。すでに俺はショートホームルームに出る気が失せていた。その後体育館に集まって行われる始業式は最初からフケるつもりだった。弓道場は高校の脇を通る細い通学路に面していて、道場のさらに先のフェンスの端に、用務員さんが出入りする通用口が設けられている。俺は一年のときから用務員さんと缶コーヒーを飲む仲になっていて、この通用口をときどき使わせてもらっている。合鍵の隠し場所を教えてもらったのだ。

今のうちにそこから校外に出て、近所の暇そうな喫茶店で漫画でも読むつもりだった。

今日は朝練も禁止で、受け持ちのクラスを持たない教師たちは、今まさにこの上の体育館で始業式の準備に追われている最中だ。弓道場付近に俺以外に誰かいるとは思わなかった。

昼間でも薄暗いピロティの西側と北側の端には、主に運動部系の部室がずらっと連なっている。人気のない部室の、ベニヤ板で作ったようなドアを横目にしながら歩き、弓道場を囲むフェンスが見えるところまで来たときだ。

不意に弓道場の方から人が現れた。

完全に油断していたので、びっくりして足を止め、相手を凝視する。

向こうもこちらに気づいたが、そのまま歩み寄ってきた。俺に近づくというより、弓道場の先には掃除道具置き場と通用口以外ないので、普通はこっちにしか来ないのだ。

弓道場と結びつく背の高い男子生徒で俺が一番に頭に浮かべたのは、半年前、凛然と弓を構えて二十メートルほど先の的に矢を当てた男の姿だ。

あ。あのときのやつ。

制服をきっちりと身につけた男の全身を見て、俺はすぐ気づいた。この立ち姿、静寂を纏ったような佇まい、無表情に近いのに懐の深さと温厚な人柄を感じさせる顔つき、間違えようもない。あの日、思わずスマホのカメラで隠し撮りした弓道部員。

さっき狭山たちが話題にしていた、藤木将だ。

クラスが離れていたせいか、俺がそもそも真面目に授業に出ていないせいか、これまで廊下ですれ違うこともなく、遠目にしか見たことがなかったやつと初めて間近で顔を合わせた。

すごい存在感だ。慣れてないからか、全身に鳥肌が立った。堂々としていながら威圧的な感じはいっさい受けず、静かに落ち着き払ったところに只者でなさが出ている。

お互いはっきりした面識はまだないはずなので、このまま黙ってすれ違うかと思いきや、一メートルほどにまで近づいたところで藤木がピタッと足を止めた。そうした何気ない所作にも武道で鍛錬したキレの良さと美しさがあり、一瞬見惚れた。

「どこに行くんだ」

真っ直ぐ俺の目を見て、穏やかだが厳しさも含んだ声で唐突に聞かれる。

俺は自分の行動を咎められたり窘められたりすると、たちまち感情的になる。相手がちょっと特別視していた男でもそれは同じだ。自分にとことん甘い人間なので、怒られたり否定されたりして傷つくのが嫌で、防衛のために怒りを爆発させてしまう。聞きたくない、放っておいてほしいと、耳を塞いで安全圏に閉じ籠ろうとする。

さっきまでおそらく藤木に感じていたほのかな好感や憧憬は、たちどころに霧散した。

「……あんた誰?」

おまえなんか知らない、と言ってやることで、藤木の鼻をへし折ろうとしたが、藤木は天然っぽくああそうかという表情を浮かべた。

「今度二年一組になった藤木将だ」

名乗っていないのだから知らなくて当然だ、いきなり声を掛けて申し訳ない、と誠実な眼差しが俺に詫(わ)びてくる。出鼻を挫(くじ)かれたのは俺のほうだった。なんだ、こいつ、と一歩引きかける。器の違いを早くも見せられた心地だった。

だが、俺も負けず嫌いな性格で、自分に自信はないのにプライドだけは高いという厄介な人間だから、素直に藤木の話を聞かなかった。

名乗られても、だから何、という不遜な態度で口を閉ざしたまま藤木を睨(にら)む。

「今すぐ教室に行かないとショートホームルームが始まるぞ」

どうやら藤木は俺が若宮怜一(れいいち)だと知っているようだ。個人的に話したことは一度もないはずだが、俺もある意味目立つので、不思議ではない。

「馬鹿か」

俺は強い語調で吐き捨てた。

それを聞いても藤木はビクともせず、表情も揺らがない。強い、と思った。肉体だけでなく精神も鍛錬されている。

「初日からサボるつもりで登校したのか」

藤木の言い方は責める感じではなく、腑(ふ)に落ちないところを確認するようだ。その冷静さが癪(しゃく)に障り、俺はますます反抗的になった。

「悪いか」

意識的に喧嘩(けんか)を売る言葉遣いをしていた。藤木は与(あずか)り知らぬ話だが、この問いは俺の負の感情を引っ掻く、触れられたくないものだった。家に居場所がない、だから仕方なく学校に毎日来ている。だが、学校にも居心地のいい場所はなく、ずっとここにいると息が詰まりそうになる。チヤホヤしてくる取り巻きがいても、上目遣いで俺の機嫌を気にする教頭や校長の贔屓があっても、そんなのクソ喰らえだ。

「悪くはない」

意外にも藤木は真顔でそう答えた。藤木の口から出るとは思えない返事だっただけに聞き流せず、無視して行ってしまえなかった。

「へぇ。……なら、どうして俺に声掛けた」

「個人的にはサボらないほうがいいと思うからだ」

藤木を見れば、弁が立つタイプではなさそうだと想像はつくが、思った以上に口数が少なくて、話してると焦れったくなる。もっと説明しろ、と言いたくなる。

俺の気持ちが伝わったのか、藤木は一旦閉じた口をおもむろに開く。

「高校は義務教育じゃないから、サボりたいならサボればいい。若宮の自由だ」

「ああ、俺の好きにさせてほしいね。最初から」

ムッとした顔でぶっきらぼうに言ってのけ、藤木の傍を通り抜けようとした。

「行く前に、服装の乱れは直してくれ」

穏やかだが抗い難い強さを持つ声に動きを止められる。指一本動かさず、言葉で脅すわけでもないのに、藤木には人を従わせる風格が備わっていた。

弓を力強く引いていた長い指で、まずピアスを着けた耳朶を指される。次に、ズボンから裾を半分出して、胸元をはだけさせた制服のシャツ。

「そういう格好はプライベートでしてくれ。それなら誰も文句はつけない」

「ああ、あんた風紀委員長だっけ」

俺はわざとらしく髪をかき上げ、藤木に流し目をくれてやる。

僅かに藤木の表情に戸惑いが浮かんだ気がしたが、すぐに元のポーカーフェイスに戻ったので定かではない。

俺の髪は生まれつきかなり淡い茶色だ。中学でも高校でも一度は生活指導の教師に呼び出され、黒く染めろと注意された。うちの親は俺に関しては匙を投げており、徹底した放任主義だ。学校行事にはいっさい参加しないし、呼び出しがかかっても多忙を理由に秘書を代わりにやる。それでも学校側は、この辺一体の大地主で、県会議員で、各方面に多大な影響力を持つ父親の顔色を気にして、俺にもきつくは当たらない。

頭の堅い風紀委員長さんは、絶対にこの茶髪にも文句を言うだろう、言ったらこれは天然だと言い返してやる。何でもかんでも違反していると決めつけるな。偏見を持つな。藤木みたいな正義漢ぶった男にそう言って溜飲を下げたかった。

藤木は、長めに伸ばしたサラサラの茶髪を確かに見たが、髪については触れず、伏し目がちになりながら、低い声で思いがけないことを言った。

「ピアスも、その着崩し方も似合っているとは思うが、ここでは規則がある」

「はぁ？　余計なお世話だ」

　似合っている、などと、およそ藤木が言いそうにない言葉が出たことに意表を衝かれ、俺のほうが動揺してしまう。おまけに、罠にかけようとした髪のことは知っていたらしく、足元を掬うのにも失敗して、さっきあんなしぐさをしたのが恥ずかしくてたまらなくなる。

「変なこと言うんじゃねぇよ、お堅い風紀委員長サマが。気色悪いんだよ！」

　羞恥心を怒りで紛らわせなければ自己嫌悪に陥りそうで、俺はわざと汚い言葉を使って藤木に当たり散らした。

「若宮」

「うっせーな。ダッセー制服ちょっとだけアレンジして着るのがそんなに悪いのかよ。ピアスが校則違反なことくらい知ってるさ。どうせこの茶髪も染めてるって疑ってんだろ。あいにく生まれつきだよ、これは」

　藤木は俺の名を口にしただけで、それ以上は何も言っていなかったのに、勢いに任せて一気に喚いた。理性がどこかに吹っ飛んでいたらしい。髪のことなど完全に俺の被害妄想で、藤木も怪訝そうに眉を寄せている。

　言うだけ言うと、頭から水を掛けられたようにいきなり我に返り、さらに醜態を重ねたことに気づいていよいよ居た堪れなくなった。

藤木の視線が痛い。

「……と、とにかく！　俺には構うな……っ」

最後にそれだけ口走り、逃げるようにその場を離れた。行こうとしていたのとは逆の方向に、踵を返して走り出す。心理的に、藤木の傍を抜けて行く気になれなかった。

藤木は追いかけてこない。

なんだ、あいつ、変なやつだと、きっと呆れていたのだろう。

結局俺は始業式が終わるまで図書館にいた。司書の先生が困った顔をしたが、事なかれ主義らしく、見て見ぬ振りをすることにしたようだ。

閲覧室で机に突っ伏したまま無為に過ごす。

あの後、藤木はどうしただろうか。真面目な優等生らしく、遅れてホームルームに出席し、俺と会ったことをクラス担任に報告している姿が目に浮かぶ。

今度の担任も俺の扱いには困っているに違いないが、校長からきっと、波風立てずにうまくやってくれと言い含められるだろう。実際に煩わしいのは、大人の事情もしがらみもなく俺と対等な藤木かもしれない。

なんにせよ、無視すればいいだけの話だ。何を言われても聞き流し、自分からは近づかない。そうしていれば、そのうち藤木も無駄だと悟って構ってこなくなるだろう。今までにも、俺に関わろうとしたお節介焼きは何人かいたが、全員すぐに愛想を尽かして去っていき、腹いせのように苛める側に回って、あることないこと吹聴された。おかげで、まともなやつは俺と距離を置くようになり、今や集まってくるのは下心ありありのお調子者たちばかりだ。

「俺はそういう運命みたいだから仕方ない」

まぁ、ぼちぼち楽して生きるさ。

机に片頬を押し付けたまま、ぼそっと呟いた。

＊

「わっ！　やべっ。藤木だ！」

腰高の窓から渡り廊下を見張っていた高野が、慌てて報せる。

「マジか！　おいっ、火消せ！　早くっ」

取り巻き連中のまとめ役みたいになってきた狭山が、吾野と入間にタバコの火を消させる。

「よしっ、行くぞ。あいつに見つかったら面倒だ」

「ああ！　また母ちゃん呼ばれたら、俺今度こそボコられる」

取り壊しが決まった旧校舎の音楽室で、狭山たち三人がこっそりタバコを吸う中、俺は未だ残されたままの椅子を四つ並べて仰向けに寝て、窓から逆さに空を見ていた。

　ゴールデンウィークも終わり、新しくなったクラスにも慣れてきて、だいたいの雰囲気が摑めてきたところだ。仲のいい者同士が纏まってできたグループは五つ。勉強のできる優等生女子のグループや、美少女揃いの華やかなグループ、男女入り交じった遊び仲間グループなどだ。そして、俺の周囲に群がる若宮グループなるものも、数に入っているらしい。

　藤木は五つのグループのどこにも属していないが、クラスには普通に馴染んでいる。抜群の成績と清潔感のある佇まい、すっきりと目鼻立ちの整った顔、なにより人柄のよさが皆の知るところとなるにつれ、どんどん人気が高まっている。

　俺にとっては相変わらずうざいやつで、たまに真面目に授業を受けに行くと、藤木が近づいてきて、ピアスは禁止だの、服装がなってないだの、同じ注意を飽きもせずに繰り返す。そのたび俺も喧嘩腰で言い返すので、皆、俺と藤木が不仲なのは知っているだろう。

「若宮さんっ、何してんですか！　早く！」

　椅子に寝そべったまま動こうとしない俺を狭山が急かす。

「何って、俺は寝てんだよ。タバコ吸ってたのは俺じゃない。藤木が来たからって逃げなきゃいけない理由なんかない」

「でも、一緒にいたんだから、疑われますって」

「俺は関係ないって言うだけだ。心配しなくても、おまえらのことも言わないよ」

「ああっ、くそ……！　もう、知りませんからねっ」

痺れを切らした狭山が最後に逃げていく。梃子でも動きそうにないと諦め、自分たちのことを黙っていてくれるなら、無理にここから連れ出さなくてもいいと思い直したのだろう。

『馬鹿、そっちに行ったら、鉢合わせするぞ』

老朽化してガラスが外れたり、床板がギシギシ音を立てる旧校舎に、四人分の足音と怒鳴り声が響く。

「ったく。ここは俺が見つけた昼寝部屋だってのに。邪魔ばかり入って落ち着けやしない」

一人でいたい時にも空気を読まず、金魚の糞みたいにどこにでもついてくる狭山の鬱陶しさに、ぼやきが零れる。

やっと静かになった校舎に、再び人の気配がする。

出入り口に藤木が立つのが見えた。

「若宮」

「……なに?」

起き上がる気にならず、寝そべったまま面倒臭さを滲ませた声で問い返す。

藤木は埃っぽい室内を見回してツッと眉を顰め、ゆっくりと足を踏み入れる。

スンと小鼻が動くのを見て、タバコを吸っていたことに気づかれたなと思ったが、何食わぬ顔をしたままでいた。

「ここで何をしていた」

教室の中をぐるっと一回りしながら藤木が硬い声で聞いてくる。世間話という雰囲気では全然なかった。

「尋問？　刑事かよ」

窓枠に切り取られた絵画のような空を見上げて、藤木を茶化す。

藤木が無言で俺の許に歩み寄ってくる。大股で、あっという間だった。

態度が悪いと怒って、無理やり起こしにきたのかと身構える。

長身の藤木が間近に来たのを寝たまま見上げると、いつも以上に大きく見えた上、顔つきも普段より険しい気がして、さすがの俺もヒヤッとした。藤木が本気で怒って腕づくで何かしてきたら、俺なんか一捻りだろう。そんな暴力的な男ではないと信じたいが、クラスメートになって一ヶ月余りにしかならないし、本人をまだ把握しきれていないので、ひょっとしてという恐怖感は拭い去れなかった。

藤木がいきなり屈み込む。

咄嗟に俺は「ひっ」と喉の奥で悲鳴に近い声を立て、目を瞑って身を竦ませていた。

藤木の体が頭上に覆い被さる気配があった。同時に、洗い立てのシャツの香りがふわっと漂い、鼻腔を擽る。

なぜかそれに心が和んで、恐る恐る目を開けてみると、キスでもするのかというあり得ない近さに藤木の顔があり、もう少しでギャッと叫ぶところだった。

「ああ、悪い」

藤木が気まずそうに体を引いて立ち上がる。

動転した俺も、ガバッと起き上がり、尻を乗せた椅子ごと後ろに下がった。

「な、な、な……何して……っ」

「え？　あ、違う！　誤解だ」

「誤解ってなんだよっ」

「タバコだ」

珍しく藤木も焦っていた。いつも淡々として、落ち着き払ったところしか見せないが、人並みに動揺するときもあるんだなと、当たり前のことに驚く。めったにない場面に遭遇した気がして、悪いがちょっと面白かった。

タバコ、の一言で俺も冷静になった。ああ、そういうことか、と合点する。

「……俺の口にタバコの匂いが残ってないか確かめたのか。それにしたって、さっきみたいなのは際どすぎるだろ」

「聞けば答えたか？」

「どうだろうな」

そう聞かれると俺も弱い。

「だが、悪かった。びっくりさせて」

藤木はあらためて謝ると、一歩後退って俺との距離を広げた。べつにもう気にしてなかったので、藤木の態度がよそよそしく感じられる。俺はなんでもマイナスに捉えがちな性格で、気分はよくなかった。

「いつものメンバーといたのか」

「俺が答えると思うのか?」

「……いや」

藤木は少し考えて、首を横に振る。俺が基本的には一匹狼で、若宮グループが仲間との信頼関係を大切にしているとか、仲間は売らないといった感じの熱い絆で結びついているとは思っていないようで、俺の言動の真意を図りかねているようだ。

「俺はただ、昼寝の邪魔をされたくないだけだ。あんたにも、あいつらにも」

これだけははっきりさせておきたかった。

「あと八分ほどで昼休み終了だぞ」

腕時計で時間を確認して、シラけることを言う。こいつのこういう生真面目さが嫌いだ。合わないとつくづく思う。

「放っとけ、って何度言えばわかるんだよ。あんた学年首位の秀才なんだろう」

「若宮は、なんだか危なっかしい」

「なんだと」

面と向かって侮辱され、カッと頭に血が上る。

「すまん。今のは謝る。俺の勝手な印象だ」

謝ってもなお、だいぶ失礼で腹立たしかったが、藤木はこれ以上ここにいるつもりはないらしく、後ろを向いて出て行きかけた。

「おい。タバコ、俺は吸ってないからな」

校内で喫煙したことがバレたら、数日間の自宅謹慎程度ではすまないだろう。最悪退学になる可能性もないとは言い切れない。あいつらも馬鹿な冒険をしたものだ。だが、ここで風紀委員長のこいつに身の潔白を訴えておかないと、濡れ衣(ぬれぎぬ)を着せられるかもしれない。あいつらを売る気はないが、だからといって自分が罪を引っ被るのは馬鹿げている。俺はそんなお人好しじゃない。いざとなったら正直に話して、自分を守る。

藤木は出入り口の手前で止まると、首だけ回してこっちを見た。

「心配しなくても、若宮じゃないことは、さっき確かめた」

「あ、そう。ならいい」

「今度やったら見逃さない。もし心当たりがあるなら、そう伝えてくれ」

俺は返事をしなかったが、あとで狭山たちに、また吸うなら二度と俺に近づくな、と言おうとは思っていた。それが今のところ最も効果がありそうだ。まだ俺にたかって遊ぶことに飽きていないようだから。

しかし、藤木があっさり引き下がるとは意外だった。もっと融通の利かない堅物かと思っていた。人一人の人生を左右しかねないことにまで、規律通りに冷徹な対応をするのは、さすがに躊躇うらしい。要するに、今回は現場を押さえたわけではないので、慎重を期したということだろう。

それにしても、吸ったかどうか見極めるために、全然親しくない相手にあそこまで接近するとは、大胆すぎはしないか。普通はしないと思う。おかげで仰天して挙動不審になってしまった。思い返すと羞恥が込み上げる。

「やっぱ、よくわからないやつ」

ひょっとすると、深く付き合えば付き合うほど印象が変わるのかもしれない。

藤木の場合、そういう相手は三組にいる秋津亮介だけのようだ。二人は自他共に認める親友同士で、藤木も秋津の前ではよく笑い、口数も多くなると聞く。

「似たもの同士だもんな。俺とは全然違う」

だから秋津も苦手だ。藤木に輪を掛けて接点がないので、弓道部で次期部長候補、学年で十位以内に毎回入る成績優秀者、程度のことしか知らない。藤木とは、弓でも学業成績でも鎬を削っており、体格もほぼ差がないため、肩を並べて歩く姿はまさに双璧、と誰かが言ったとか言わないとか眉唾な話があって、二人揃うとそういう呼び方をするらしい。

双璧とか漫画かアニメみたいで笑える。俺は嫌いじゃないが、口に出すのは恥ずかしい。

藤木は言葉通り旧校舎の音楽室での喫煙について、誰にも漏らさなかったようだ。二日経っても三日経っても、タバコの夕の字も話題にならず、狭山たちは胸を撫で下ろしていた。俺も言うことは言い、二度と喫煙はしないと誓わせた。俺の取り巻きを名乗るやつらは俺の機嫌を損ねることをとにかく恐れているので、おそらくもう校内ではやらないだろう。俺と関係ない場所でなら、べつに何をしようと構わない。あいつらの人生であって、俺の人生じゃないんだから。……まぁ、俺の人生も、すでにたいがいボロボロな気はするが。

＊

五月下旬に中間試験、七月上旬に期末試験があり、藤木はどちらも総合成績で学年三位以内に入るという快挙を遂げた。

その後、長い夏休みが来て、俺は三日にあげず外で取り巻きたちと遊びまくった。ぶっちゃけ、俺が取り巻き連中を蹴散らさないのは、他に遊びに付き合ってくれる友達がいないからだ。ほぼ全員が、俺が親から毎月貰う金目当てとわかっていても、俺の機嫌を取ってくれ、俺を立ててくれ、仲間がいる感覚を味わわせてくれるのだから、それでいい。一年のときから俺に纏わり付いてくる狭山とは、一緒にいる時間が重なれば重なるほど、理解し合える部分が増えてきている気がする。俺だけの都合のいい解釈かもしれないが。

こいつは、たぶん、俺を裏切らないだろう——そう思える瞬間がたびたびあるなら、それはもう友人と考えていいんじゃなかろうか。金が絡んでいるので、純粋な友情とは言い難いことは承知しているけれど。藤木と秋津みたいな、切磋琢磨する親友同士になど、そうそうなれるものではない。あの二人こそ例外だ。

夏休み中、藤木には登校日にだけ学校で会った。それ以外は街で見掛けることもなく、学校で会っても話をすることはなく、だんだん縁が薄くなっていっている感がある。

べつに縁がなくなったとしても俺は構わない。むしろ、服装違反や生活態度をいちいち注意され、煩わされなくなれば願ったり叶ったりだ。堂々とピアスを耳朶に着け、制服を好きなように着崩し、授業をサボって昼寝ができる。

藤木は俺には必要ない人間だったというだけの話だ。

気になることがあるとすれば、どうして俺は藤木のことを、こうも意地になって「いらない」と思おうとしているのかだ。自分で自分の気持ちに納得がいかず、うまく消化できない。藤木のことを考えると胸が痞えたような不調に見舞われる。

よほど相性が悪いようだ。

四十日に及ぶ長い夏休みが終わると、二学期が始まる。

十月初旬に体育祭、十一月に五泊六日の修学旅行とイベントが盛りだくさんだ。俺としてはどれも面倒くささが先に立つが、少しでも家から離れていたい気持ちが勝り、京都を中心とした関西方面への修学旅行はサボらなかった。

新しい学期が始まると、藤木はまた俺に風紀委員長として注意してくるようになった。夏休み中の登校日は時間も短いし、他にやることが山程あって、風紀委員の仕事は必要最低限に留めると決めていたらしい。狭山が、三組にいる秋津の友人と知り合いで、そっちのルートから聞いてきた話だ。

なんだ、そうだったのかと、妙にホッとしている自分がいた。

顔を突き合わせれば険悪なムードになりがちだが、そういうやりとりがなくなると、それはそれで物足りない。慣れというのは不思議なものだ。誰もが俺の後ろにいる親の顔色を窺って遠慮がちに接してくる中、藤木だけはそんなもの見えてないかのごとく、他の生徒と同じに扱う。うるさい、面倒くさい、と嫌っているのは本当だが、計算などいっさい頭になさそうな無頓着な構い方は、意表を衝いていて新鮮だったかもしれない。こんなやつもいるんだな、と心に波風が立ったのは確かだ。知らないものを目の当たりにした感覚で、どういう人間なのか興味が湧いた。俺には、好き、嫌い、どうでもいい、という三つの大雑把な区分けがあるが、好きと嫌いはベクトルが違うだけで、何かしら心を動かされる点においては同等だ。赤と緑、茶色と青が、色は真逆だが質感は同じ、と俺には感じられるのだが、それと少し似ている。他人には説明が難しい、感覚的な話だ。

五泊六日の修学旅行はそれなりに楽しく有意義だった。

小学生頃までは毎年家族とハワイやロサンゼルスなど海外に行っていたが、正直、憂鬱なだけで、嫌で嫌でたまらなかった。誰もがバラバラで、それぞれに思惑があり、純粋に家族旅行を楽しんでいる者はいなかった。仲のいい家族をアピールするのが目的の父と母に付き合わされている感が強く、子供まで利用するやり口がいやらしすぎて気に入らなかったのだ。

育った環境がそれなので、学校行事の一環で渋々付き合った修学旅行も、何を楽しめばいいのかわからないまま参加した。

噂で、もしかしたら藤木は参加しないかもしれない、とも聞こえてきたが、ホームルームの時間を使って旅行の説明会が行われた際に配られた栞に名前があるのを見て、なんだ、行くんじゃないか、と正直ホッとした。なぜそんな噂が流れたのか察しがつくだけに、ここは本気で、行けてよかったじゃないか、と思った。火のないところに、と言うから、実際、藤木はギリギリまで迷っていたんだろう。あいつがいないのは、なんとなく物足りないと思っていた。藤木がいるのといないのとではクラスの雰囲気も変わる。皆、口には出さなかったが、藤木が行けることになったとはっきりした途端、スタンディングオベーションが始まりそうなほどの気持ちの盛り上がりが確かにあった。

藤木には、そういう、牽引力というか、ムードメーカー的な影響力の強さが備わっている。俺同様に嫌っているやつや苦手意識を持っているやつは案外いるが、他では替えの利かない存在だということは誰しも認めざるを得ないようだ。

新幹線の座席も、現地での観光バスの座席も、五泊分の宿泊施設の部屋割りでも、ことごとく藤木とは縁がなかった。もしかしたら、揉め事が起きるのを危惧した担任が、俺と藤木を一緒にしないよう意図的に配置したのかもしれない。

観光地での班分けも例に漏れずだ。ただ、皆同じ時間に同じ場所にいることに変わりはないので、他のやつらと一緒に歩いている藤木の姿は何度か見た。

三十三間堂では、自由行動の時間に隣のクラスの秋津と並んで歩いているのを見かけ、思わず柱の陰に身を隠してしまった。自分でもなぜそんなことをしたのかわからない。咄嗟に体が反応したのだ。自分が後ろにいることに気づかれたら、バツが悪くなりそうだったので、避けようとしたのだろうか。

「若宮さん、何してるんですか」

たまたま近くに居合わせた高野に訝しがられ、よほどバツが悪かった。

「べつに。……躓きかけただけだ」

「何もないですよ」

「わかってる。うるさい。あっちに行け。俺は今一人でいたい」

「す、すみませんっ」

つい声が大きくなった。どっちかと言うと気弱な部類の高野は、俺を怒らせたとビビったようで、慌てて小走りに先に行った。

「おっと」

前方ですれ違いざまに秋津に肩をぶつけ、「ごめんっ」とまた謝っている。

あの馬鹿、と俺は目を覆いたくなった。

気をつけろよ、と秋津が言っている傍で、藤木がふと何かに気づいた様子で振り返る。

咄嗟に踵を返しかけたが間に合わず、藤木とはっきり目が合った。ごまかす術もない。

「藤木？」

秋津までこちらを見る。

「ああ。若宮か」

秋津は俺と藤木を交互に見て、ニヤッと唇の端を上げた。

「先に行こうか？」

「なんでだ」

「いや、なんとなく」

「必要ない」

藤木と秋津の会話は、よく知り合った親友同士のやりとりという感じで、多くを語らなくともお互い相手が言わんとするところは承知しているといったバディ感が半端なかった。全部を理解できたわけではないが、遠慮のない、テンポのいい言葉のキャッチボールに、聞いていて俺まで小気味よくなる。

「ふうん。じゃあ遠慮なく」

「よけいな気を回すな」

「はい、はい」

藤木は秋津から再び俺に視線を戻すと、こっちに来たらどうだ、と目で促してきた。決して命令する感じではなかったが、俺は抗えずに足を進めていた。

二人が並び立つ様は、確かに二枚の巨大な壁がそそり立っている印象だ。双璧と称されるのもわかる。二人とも、大物感はすごいのに威圧感はない。周りが勝手に畏怖を感じはすれど、本人たちは少しも尊大ではない。表情を表に出さず、取っ付きにくさのある藤木と比べ、秋津は大らかさと懐の深さが全身から醸し出ている。

それでも俺は、藤木の親友だと思って身構えてしまい、秋津ともすぐには打ち解けられそうになかった。藤木が俺のことをどう話しているのかも気になる。きっと、いい印象は持たれていないだろう。持たれる理由がない。

「一緒に旅行してるのに、若宮とは全然会わなかったな」

思った以上に秋津は気さくで、ノリが軽かった。苦手意識が増す。自分自身が初対面に近い相手とはいきなり仲良くなれない質（たち）なので、ついていけないのだ。

「べつに俺はあんたと会ったか会わなかったかも意識してなかったけど」

秋津に何か思うところがあるわけではないが、根が臍曲がりで、憎まれ口を叩(たた)くのが癖になっていて、のっけから感じの悪い受け答え方をしてしまう。

たいていのやつは、この段階で俺の性格の悪さに鼻白み、腰が引けるようだが、秋津はハッハッハと笑ってやり過ごした。さすが、藤木と肩を並べるだけのことはある。

「噂に違(たが)わず面白いな、切り返し方が」

「秋津」

藤木が秋津を目で窘める。よけいなことは言うな、と牽制しているようでもあった。

秋津は了解と示すように軽く頷(うなず)き、半歩下がって立ち位置をずらした。ここからは藤木に任せて自分は口を挟まない、ということらしい。

「……楽しんでるか」

あらためて藤木が聞いてくる。口を開く前に俺の目を見たが、今度はすぐ逸(そ)らし、ついでに俯(うつむ)きがちになった。秋津が傍にいるせいか、いつもより態度が硬い。後で揶揄(やゆ)されるのを警戒し、隙を作らないようにしている感じだ。

「まぁ、それなりに」

俺もそっぽを向いて無愛想に答える。

藤木は普段以上に口数が少ない。それっきり沈黙が続く。

おいおい、なんのために俺をわざわざ呼び寄せたんだよ、と突っ込みたくなるほど、黙って向き合ったままの時間が体感的に長かった。正味一分ほどだったのかもしれないが、五倍くらいに感じられ、心地悪さにソワソワした。

「あっ、藤木くんたちがいる」

止まったようになっていた時を動かしたのは、後ろから来た女子たちだった。大泉と黒須の美少女コンビだ。大泉とは一年のとき同じクラスだった。今は黒須と一緒に二組にいる。狭山が何かと大泉を誘いたがるので、この二人もカラオケやファミレスに集まる仲間に入ることがままある。もっとも、大泉は俺なんか眼中になく、好みのタイプは藤木みたいな男だとあからさまにわかる。

大泉たちが近づいてきた隙に、俺はさっさと先へ行った。

「王子、行っちゃったよ」

秋津が言うのを背中で聞く。

王子ってなんだ。馬鹿にしやがって！

秋津の言い方に悪気はなかったようだが、短気で怒りっぽい俺は、さっきの気まずい空気感への不満もあって、藤木にまで怒りの矛先を向けていた。

あいつ、俺を陰でそう呼んで、嘲ってるに違いない。最低だ。

結局、旅行中に藤木と話したのはこの時だけだった。距離が縮んだかと思いきや、弾き合ってまた遠去かる。そんな印象だ。藤木とはいつもこうだ。そういう因縁なのだろう。

修学旅行から戻ったら、もうすっかり冬だった。

十二月上旬に期末試験があり、クリスマス前に冬休みが始まる。

二学期の成績は少し上がった。とはいえ、姉や弟と比べると親の目には俺なんかゴミにしか映らないことに変わりはない。若宮家の人間は、俺を除いて皆、中学受験に合格して名門私立校に入っている。中高一貫システムでエリート教育を受け、トップクラスの数十人は東京の有名大学に進む。姉の場合は地元のミッション系お嬢様大学だ。そこもそこそこのレベルで希望者が多く、ＡＯ入試枠を獲得するのも容易ではない。俺以外は挫折を味わったことがない人間ばかりなので、若宮家の人間は、尊大で傲慢、唯我独尊の自信家揃いだ。俺は俺で性格に難があると自覚している。勉強はできない、生活態度は悪いと併せて三拍子揃っていたら、親も見限りたくなるだろう。親の義務は金銭面でだけ果たすつもりらしく、毎月、人には言えない金額の小遣いが口座に振り込まれる。俺はそれを親の仇みたいに、くだらない遊びや、仲間たちへの奢りで散財しまくっている。手のひらの上に残っているのは虚しさばかりだ。

大人になると時間の感覚がどんどん短くなると聞くが、俺はそっちのほうがいいから、早くそんな歳になりたい。

高校二年の一年間も俺にとっては長かった。毎日、今日はどうやって退屈を紛らわそうかと考えなくてはいけなくて、楽しみにすることもなく、時間が地面を這うように進んでいると感じていた。

藤木との関係は進展も後退もしていない。

秋津とは廊下で会っても目も合わせないようにしている。王子発言をずっと根に持っていた。俺はそういう呼ばれ方をするのが大嫌いなのだ。自分をそんな存在だと思ったことは一度もない。なのに、周囲はしばしば俺をそんなふうに見る。ぶっちゃけ、中学の時に付けられた渾名がそれだった。トラウマなのだ。

短い二月が終わると、年度末になる。

三年に進級する際、またクラス替えが行われる。来年はおそらく藤木と別々になるだろう。修学旅行の班分けが意図的だったなら、それは決定事項に思われた。

4

　いいことも悪いことも、なかなか予想通りにはいかないものだと思う。

　神様も結構天邪鬼な性格なのではなかろうか。


「若宮」

　藤木がすれ違いざまに廊下で声を掛けてきた。

「三年も一緒だったな」

　俺は歩く速度を緩めなかったので、言葉の最後のほうはだいぶ距離を置いた状態で聞くことになった。

　思わず無視してしまったが、俺はついさっき、ピロティに設置された臨時の掲示板に貼り出されたクラス分け発表を見たばかりだったのだ。

　藤木将の名前を自分と同じクラスで見つけたとき、「なんで？」と二度見した。てっきり三年では別れると思っていたので、狐につままれた心地だった。

　他にも、あろうことか狭山と三年間一緒という、シャッフルミスかと疑いたくなる案件があったが、そっちは狭山に「嘘みたいですねっ」と言われるまで気づいてもいなかった。

いったんは新しく決まった教室に入ったものの、さっそくいつもの取り巻きたちが集まってきて、ぎゃあぎゃあうるさく喋りまくるものだから、気持ちを落ち着けたくてもままならず、担任が来る前に「トイレ」とぶっきらぼうに告げて席を立ち、そのまま図書館に行った。

受付にいた司書教諭が、またあなたなの、という目で俺を一瞥したが、かまわず自習室に行く。そういえば、去年もまったく同じことをしたのだった。遅ればせながら思い出し、司書教諭がなぜあんな顔をしたのか腑に落ちた。

今頃藤木も教室に若宮がいないことに気づき、相変わらずだなと溜息を洩らしてそうだ。苦い顔をしているのが目に浮かぶ。一年間口を酸っぱくして、サボるな、ちゃんと規律を守れと注意してきたのに、その甲斐もなく、いい加減匙を投げる気になったかもしれない。

書架から適当に取ってきたハードカバーの小説本を開き、行儀悪く机に片肘を突いて、パラパラとページを捲る。古い紙の匂いがした。

しばらくそうして字面だけ追っているうちに、もうこれが高校最後の一年なんだよな……と柄にもなくしんみりした気分になった。

藤木ともこの一年でお別れかと思うと、徐々に、やっぱり始業式には出ておこうかという気になってきた。

残り一年、どうせなら心残りのないように過ごしてみるのもいいのではないか。遊びもサボりも自己主張もやりたいだけやる。大学には行かせてやると、一昨日だったか、書斎に呼ばれたとき父親が投げやりな調子で約束したので、それら全部、大学に行ってからでもできるが、今一緒にいるメンバーとはこの一年でし納めだ。意味が違う。

そうと決めた途端、本を閉じていた。

元あった場所に返却し、外に出る。

新しいクラスメートや担任との顔合わせのショートホームルームは、とっくに終わっている時間だ。始業式は十五分後の九時半から体育館で行われる。今日は授業はないので、その後、用がない者は掃除がすんだら下校する。

「急げば間に合うな」

校内では携帯電話の使用は緊急時以外禁止で、電源を切るよう指導されている。いちいち面倒くさくて、たまに切るのを忘れて着信音を人前で鳴らすことがあり、一度藤木にスマートフォンを取り上げられた。時刻を待機画面で確認したとき、ふとそれを思い出す。俺もいろいろやらかしてきてるな、と他人事のように思い、うっすら口元に笑みを浮かべていた。

「何を笑ってる」

顔を伏せていたので、いきなり藤木の声が聞こえて驚いた。あやうく手にしたスマートフォンを落としそうになった。

「びっくりさせるなよ……っ」

藤木は明らかに怒っている。一年間同じクラスで付かず離れず接してきたので、表情の些細な変化がだいぶ読めるようになった。そんなことができたところで、なんのご利益もないが。

藤木の視線がスマートフォンに動いたので、速攻で電源を切った。

それを見届けてから、藤木は「行くぞ」と短く言い、体育館の方向を顎で指し示した。

「これから行くところだった」

藤木に連行されてしぶしぶ始業式に出る格好になるのは納得できず、ツンと取り澄ましたまま言っておく。

「みたいだな」

藤木は俺の言葉を言い訳だとは受け止めず、すんなり認めた。逆に俺のほうが、なぜだ、と困惑してしまう。それに――。

「あんた、なんで俺が図書館にいるってわかったんだ？」

考えてみれば、それも不思議だったのだ。

「さぁな」

藤木は今度ははぐらかすと、「急ぐぞ」と断りを入れるなり、本当に急ぎ足になった。

みるみる引き離される。この期に及んで俺が逃げるとは考えもしないようだ。実際、俺も一度出ると決めたからには逃げるつもりはなかった。

「待てよ、おい。クソッ。脚の長さが違うだろうが！」

なにも藤木と連れ立って体育館に入らないといけないわけでもないのに、藤木の背中を必死で追いかける。

ブレザー越しにも筋肉がしっかりついていることがわかる、肩幅の広い逞(たくま)しい背中。左腕が右腕より少しだけ長いことにも気づく。袖口から覗(のぞ)く手首の位置が違う。弓道をやっているからか。

二階建ての体育館が見えてくると、藤木は歩く速度を落とし、俺がすぐ後ろまで来るのを待っていた。

「あー、暑い。汗掻(か)いた。まだ四月だってのに。おまえの……」

せいだぞ、と言おうとしたのだが、その前にぶっきらぼうなしぐさで、ハンカチを手に押し付けられた。えっ、と握らされたハンカチに視線を落とす。

その隙に藤木は大股に歩き出していた。

明らかに、ここからは一人で行け、という容赦のない歩調だ。

「おい。どうすんだよ、ハンカチ」

藤木に聞こえるはずもない小声で呟(つぶや)き、額と首筋に浮いた汗を押さえる。

洗って返せばいいか。

どうせ今日からもまた同じクラスなんだし。

そう考えて、きちんと畳んでポケットに仕舞う。

藤木と話すと腹が立つことも多いが、たまにこんな感じで世話を焼いてくれることもあり、もう二度と関わりたくないというほど嫌いにはなれない。

かといって、今以上に近づき合えそうな感じにもならず、中途半端で落ち着かない関係だと思う。

何かきっかけがあれば変わるのだろうか。

俺は、変わりたいんだろうか……？

考えながら歩くうち、始業式が始まる直前の体育館についていた。滑り込み、自分のクラスの列の最後尾に並ぶ。

藤木将の姿は、壇上向かって左手の、生徒会役員が立ち並ぶ中に見て取れる。

「それでは、これより一学期始業式を開始します」

進行役の女性教師がマイクを握って宣言する。

高校生最後の一年の幕が開いた。

＊

階段を上ってくる足音がして、和樹(かずき)が帰ってきたのだとわかり、勉強机の置き時計に目をやった。午後八時三分。普段より一時間以上早い。チッと小さく舌打ちする。ああ、そうか。あいつの通う中学もそろそろ中間試験期間か。

椅子を少し回して右手のラックに腕を伸ばし、フックに掛けてあるヘッドホンを取る。

装着して、スマートフォンの音楽アプリを開き、サブスクで配信されている最新のヒット曲を集めたプレイリストをタップした。通学時に聴いていた音楽が途中から鳴りだす。

ノイズキャンセラー付きのハイスペックなヘッドホンのおかげで、周囲の雑音はぴたりと止む。家に誰かいるときは、たいていこうやって話し声や物音が耳に入らないようにする。

二階には子供三人の部屋と、サブの浴室とトイレがある。各自部屋に小型冷蔵庫を置いているので、その気になれば一階に行くことなく二階だけでしばらく暮らすことも可能だ。実際、俺はちょくちょくそうして親と顔を合わせないようにしている。そんな努力をするまでもなく父親も母親も家にいる時間は僅かだが。

いつもは俺自身八時過ぎないと家に帰らない生活をしているが、来週半ばから御多分に洩れず試験が始まるので、遊び仲間たちもこの時期ばかりは勉強優先になる。俺も一人では遊ぶ気にならず、昨日から学校が終わると真っ直ぐ帰宅して、いちおう試験に備えて勉強している。

ヘッドホンで外部の音を遮断し、試験に出そうな箇所を覚えることに集中していたため、部屋に和樹が入ってきたことに気づいたのは、不覚にも真横に立たれた時だった。

「うわっ」

全然予期していなかったので、椅子から尻を浮かしかけるほど仰天した。

和樹が呆れたような目で俺を見て、いかにも嫌みたらしく唇の端を吊り上げ、何か言ったようだった。全く聴こえず、仕方なくヘッドホンを外して首に掛ける。アイドルグループの流行りの新曲が、静かな部屋にそれとわかる程度の音量で漏れ聞こえる。

「なんだよ。勝手に入ってくんな」

椅子に座ったままキャスターをずらして和樹から遠ざかる。脚を組み、アームレストを指でトントンと叩いて苛立ちを露わにした。

「ノックしたけど返事がなかった」

対抗するように和樹は胸の前で腕組みをし、偉そうに机の上に開かれた教科書とノートを見下ろす。四歳年下とは思えぬ驕慢な態度に、怒りよりも関わりたくない気持ちが強く湧く。

「何の用だ」

和樹のほうが弁が立ち、迂闊に反論しようものなら十倍返しに遭う。溜飲を下げたいがためだとわかっているので、争わず、用が済んだら速やかに出て行ってもらうべく聞いた。

「べつに用があるわけじゃないけど」

腹の中を見せずに相手を翻弄するいつものやり方で、のらりくらりとした返事をする和樹に嫌悪が増す。こいつは本当に、本当に性格が悪い。俺を馬鹿にし、揶揄って遊ぶためだと確信する。

「なら出て行け」

隙を見せると、たちどころに自分のペースに巻き込んでくるので、取り付く島がないよう冷ややかに突っぱねる。そうやって切り上げさせようとしても、こいつは悪気など一ミリもないかのように「ひどいなぁ」と甘えた声を出すだけで引き下がらない。気がつけばこちらに非があることになっているパターンだ。

下手に何か言うと揚げ足を取られ、嫌な展開になるとわかっている。あえて黙って和樹の出方を待っていると、急ににっこり笑いかけてきた。

相手が泣きを入れるまで嬲らないと気が済まなくなったとき見せる顔。背筋が寒くなる。

心の中で今、こいつは間違いなく毒を吐きまくっている。残酷で最低に質の悪い、自分を弱者、被害者だと周りに思わせる狡猾な嬲り方が、和樹のやり口だ。俺はこいつのやり口を嫌と言うほど知っているので、そうそう思惑通りに運ばせないが、初めてこいつの裏の顔に触れたやつは恐怖を覚えるだろう。

誰の目にもワルだと映るやつなど親切なほうだ。近づいたらヤバイと警告してくれているわけだから。本当に怖いのは、見た目からは全く悪意の存在がわからず、ある程度付き合っても邪悪な性格に気付かせず、牙を剝くときですら周囲には自分は何も悪くないと信じ込ませられるやつだ。

「ふうん」

さらに沈黙を重ねていると、和樹から再び口火を切ってきた。俺には猫を被った芝居は通用しないとみたのか、ガラッと口調を変えてくる。表情にも底意地の悪さが滲み出ていた。

「試験勉強で忙しい振りしてるんだ？　兄さん、今年受験だもんね。本番に弱いタイプだから、せめて内申書だけでも点数稼いでないと、また中学の時みたいに失敗しちゃうかもしれないもんねぇ。今までサボりまくっていた分を取り戻そうと必死なんだね」

俺の顔と机の上を同情するような目で交互に見て、饒舌に喋ったあと、一拍置いて、ボソッと吐き捨てるように言い足す。

「ウケる」

思わず拳を握ったが、振り上げずに、手のひらに爪を食い込ませ、荒々しい気持ちを抑えつけた。その手には乗らない。

過去に何度か、今と同じシチュエーションで和樹に摑み掛かり、俺に暴力を振るわれたと親に訴えられたことがある。そのせいで両親との関係が徐々に歪んでいき、もはや俺に対する誤解を解くのは無理だというところまで悪化してしまった。

嘘を吐くのではなく、巧妙に相手が曲解する言い方をして、ありもしない絵面を想起させ、実際とはまるで違う構図の話にしてしまう。どんなふうに話せば相手から自分が望む反応を引き出せるか読み切っており、表情、声音、タイミング、全て計算尽くなのだ。それを子供の頃から無邪気を装ってやってのけていた。

和樹にとってはたかが遊び、ゲームでしかないところが凶悪だ。ときには、相手の評価を下げ、自分の評価を上げて、己に有利な状況を作ることが目的の場合もあるかもしれないが、おそらくそれは二の次、三の次だろう。元々和樹は何事においても頭一つ抜きん出ており、本人もそれを自負している。

和樹にハメられて人生を歪められた人は、少なからずいるはずだ。さらに言えば、これは邪推だが、中には結果的に犯罪を誘発した例もあるかもしれない。正直、弟ながら恐ろしい。

家族の中で和樹が見下した態度を示すのは、俺にだけだ。

現在大学二年の姉、美樹(みき)とは普通に仲がいい。両親に対しては言わずもがなだ。

姉もやたらと要領がよく、アルバイトでモデルをやっているくらい美人だが、女王様気取りで我が儘(わがまま)、コロコロ気分が変わるので扱いにくい。子供の頃から派手好きで、自分が常に主役でないと承知せず、彼氏ができてもすぐ別れてしまう。たぶんに付き合いきれなくなった男のほうが振っているケースが多いと思うのだが、姉は絶対に自分から振ってやったと言う。プライドが高く見栄っ張りなのだ。欠点ばかりつい論(あげつら)ったが、和樹と同じ名門中学に合格したくらいだから勉強はそれなりにできる。とりあえず留年せずにちゃんと卒業したので、両親的にも及第点を与えていたようだ。その反動なのか、大学に入った途端、俺も引くほど遊びだした。いちおう実家暮らしということになっているが、大学のキャンパス近くのマンションに部屋を借りており、こっちには週に一度帰ってくるかどうかだ。今夜もきっと帰らないつもりだろう。

和樹が姉にはなんとなく頭が上がらないようなのが前から不思議だった。姉とは六歳差があるが、こいつの性格でそれを気にして遠慮するとは考えにくい。二人の間には、何かある気がする。たとえば——秘密の共有、とか。

「ちょっと。聞いてる？」

刺々しい声に、考え事を中断する。

「もうさぁ、進学やめて高卒で働けば？　兄さんが通ってる公立高のレベルじゃ父さんたちが認める大学には絶対合格できっこないよ。トップクラスの成績取れてるならまだしも、中の下あたりをうろうろしてるんじゃあ、お話にならない。今さら付け焼き刃で勉強したって、今度の中間試験もよくて真ん中程度でしょ。ほんと恥ずかしい。出来損ない」

そこで和樹は、俺の反応を確かめるように前のめりになって、顔を覗き込んできた。

「……って、父さんたちが話していたよ」

なんとかして傷つけてやろう、気持ちを挫いてやろうと考えているのが透けて見える。

だが、あいにくこっちも、やられっぱなしで枕を嚙んで耐え忍ぶような奥ゆかしさは持ち合わせていない。相手を意図的に傷つけ、弱った姿を見たがるようなサディストに、望む姿を晒してやるほどサービス精神旺盛ではないのだ。

「全然目新しさのない話だな」

ふん、と嘲るように返すと、和樹の顔がみるみる赤みを帯びてきた。紅潮という表現は似つかわしくない。ドス黒いと言ったほうがぴったりの、憤懣に満ちた顔になる。不出来な兄に嘲笑されるなどあってはならないことで、プライドがひどく傷ついたようだ。

「じゃあ、この話は知ってるかな」

怒りを腹の下に押し込めたような低い声で、すぐに次の一手を繰り出してくる。負けん気の強さと、感情を抑え切る胆力に、凄まじいエネルギーを感じる。己の生を存分に謳歌するためには手段を選ばないアグレッシブさに、対峙していて呑まれそうになる。毎日のらくら生きている自分みたいな人間が、よくぞ正面からこいつの悪意を受け止められているなと、我ながら感心した。躱し方だけは上手くなったようだ。

「僕と姉さん、和樹と美樹で統一感があるけど、真ん中の兄さんだけは怜一って全然要素が違うじゃない？」

「だから？」

用心深く合いの手を入れる。俺が何か言うまで、ジッと俺を見据えるつもりらしい和樹の目が薄気味悪く、とにかく早く話を終わらせて出て行ってほしかった。あと、怖いもの見たさもあった。名前のことは前からなぜだろうと思っていたが、親との関係がギクシャクしすぎていて聞けずにいたのだ。

「ふふ、父さんたち、あからさまだよ。本当は、べつに名前に法則性を持たせるつもりなんかなかったんだって。でも、兄さんの出来の悪さがあまりにもひどいから、四年後に僕を授かったとき、姉さんみたいに育て、って念を込めて一文字違いの和樹にしたそうだよ。すごいよね。

その通りになるんだから」

なるほどね、とスッと芯が冷めた頭で他人事のように納得する。ありそうな話だ。聞いたらむしろ単純すぎて拍子抜けしたと言ったほうが今の気分に適(かな)っている。

「まぁ、今さら傷つかないでしょ。ごめんね、またつまらない話して」

和樹の声は聞こえるが、頭がうまく動かなくなっていて、相槌(あいづち)の一つも出てこない。

そんな俺を、和樹は余裕を取り戻してきた顔つきで、探るように見つめてくる。立ち直りの早いやつだ。もう口元に笑みが浮かびかけている。

「あ、試験勉強、頑張って。大丈夫、低空飛行でも山さえ越えられたら、また好きに遊び呆(ほう)けていいんだから兄さんは楽勝じゃない。父さんたち、兄さんには何も期待してないみたいだから。だけど優しいよね。兄さんは贔屓(ひいき)されてるんだよ。将来自分たちの役に立ちそうもないのに、小遣いは僕より多くて、セカンドハウスや別荘の合鍵まで作ってくれたんでしょ。僕、そういうことはしてもらってないよ。ぼくのほうが断然優っていて存在価値があるはずなのに。ほんと腹立つ」

「出て行けっ！」

和樹の最後の毒吐きを掻き消すように叫ぶと、手近にあった参考書を投げつけた。一旦停止を解除された気分で、鈍っていた頭が動きだしていた。

「うわっ、ちょっと何するの」

「はい、はい、わかったからヒステリー起こさないで。兄さんって、……っぽいのは、見た目だけじゃないんだね。綺麗な顔が台無し。醜くて怖い」

もう十分に人格を疑われる発言をしているのに、そこだけわざとぼかして言うのは、案外そのあたりに和樹の心の闇と絡んだ心理があるからかもしれない。いつもより感覚の冴えた頭にそんな考えが浮かんできた。これ以上深掘りする気はないが、少しだけ和樹を理解できたように感じた。

「醜いのはどっちだ」

冷ややかに言い、机から数十センチ離していた椅子を座ったまま定位置に戻して、和樹にはもう構わず勉強を再開する。

和樹が黙って部屋から出ていく。ドアを閉める音を聞いてもしばらく振り向かず、三分経ってからようやく室内を見回した。

床にさっき投げた参考書が落ちている。椅子を立って拾いに行き、ついでに冷蔵庫からコーラを取ってくる。立ったまま、ペットボトルに直接口を付けて飲む。シュワシュワの炭酸が溜まっていた蟠りを押し流してくれたらいいと期待したが、気持ちは暗鬱としたままだった。

「クソッ。こんなんで週明けから中間試験受けたって、いい結果出せるかよ！」

和樹の狙いはこれだったに違いない。遅ればせながら気がつく。

結局あいつの勝ちか。悔しかった。今頃自分の部屋でほくそ笑んでいるかと思うと、癪に障ってたまらない。鼻を明かすには、試験で前回の成績を上回ること、これだけだ。

負けず嫌いが頭を擡げる。

こうなったら死に物狂いでやってやる。試験の結果が出たらパアッと打ち上げだ。どこがいい？　何をする？　いつも通りじゃ物足りない。

和樹が別荘のことを言っていたのを思い出し、そうだ、と閃いた。合鍵の件も和樹にとっては許し難いことなのだ。なんのかんのと言いながら、俺をあくまでも若宮家の一員として遇し、長男特権まで与える親たちに、なんで、と不満を募らせている。だが、親の前ではいい子を装っているから文句も言えず、俺に直接憤懣をぶつけたに違いない。

だったら、利用してやろうじゃないか、長男特権。俺はべつにそんなふうに考えたことは一度もないが、和樹がそう思っているのなら、意趣返しに使わない手はない。

取り巻き連中に、泊まりがけで別荘に行かないかと声を掛けたら、たぶん喜んでついてくるだろう。

六月最初の週末がうってつけの気がする。本格的に暑くなる前だし、今年は梅雨入りが遅そうだと気象予報で予測していたので、ちょうどいい。

計画が頭の中で具体化すると、俄然やる気が出た。

目標があると気合の入り方が違ってくる。

別荘がある山にハイキングに行こうと言い出したのは、他ならぬ俺だった。

*

「うっわー、空気きれい！」

別荘がある隣県の町で、特急から乗り継いだ普通列車を降りて改札を出ると、大泉(おおいずみ)がさっそく気持ちよさそうに腕を突き上げて伸びをした。

「ほんとだねぇ」

もう一人の女子、黒須(くろす)も隣ですうはぁと深呼吸する。

「予報じゃ曇りマーク付いてたけど、最っ高の天気になったな」

「この分だと、きっと明日も快晴だね」

狭山と吾野(あがの)も空を見上げて期待満々のようだった。

高野(たかの)は駅のトイレに駆け込んでいる。

そして、成り行きから今回誘うことになった藤木は、皆から少し離れた位置に静かに立っていた。電車の中でもそうだったが、自分から積極的に俺の取り巻きたちに交じろうとはせず、特に俺に構うわけでもなく、いったい何が目的でついて来たのかさっぱりわからない。小旅行を楽しんでいる皆の雰囲気を壊してはいないが、同じノリでテンションを上げてはいない。

俺も藤木のことは極力気にしないようにしていた。

誘ったのは大泉だ。学年でも一、二を争う美少女で、以前から藤木と付き合いたがっているのがあからさまだった。大泉に姉と似た肉食系女子の匂いを嗅ぎ取ってからは、俺は深入りしないことにしている。何かと厄介で面倒なのが目に見えているからだ。大泉も俺には異性としての興味はないようだ。元々はクラスの華やか女子グループのリーダー的存在で、厳密には俺の取り巻きではない。楽しいことがありそうだと察知した時だけちゃっかりついてくる、計算高い女だ。

藤木がうっかり大泉みたいな欲深な女に引っ掛かったら、それはそれで興味深く、面白いかもしれないと思ったが、二人の様子を見ていると、無理だな、とすぐわかった。藤木は大泉にまとわりつかれても他の皆と接するときと態度を変えず、まるで靡く様子がない。迷惑がりはしないが、脈は全くなさそうで、大泉も手こずっている様子だ。焦りさえ感じられる。ここで振られたら高いプライドが傷つくに違いなく、少しでも藤木に特別扱いしてほしがっているのが察せられた。

どう見ても藤木のほうが一枚上手だな。

大泉に好感を持っていないせいか、我ながら辛辣なことばかり考える。なんとなく、藤木が大泉を相手にしないことが心地よかった。俺も結構性格が悪い。自覚している。

「バスが来たぞー。急げ、高野！」

駅舎の端からパンパンのリュックを腕に抱えた高野が必死の形相で走ってくる。

俺はさっさとバスに乗り込み、後ろの方の二人掛けシートに座って窓から外を見ていた。

藤木は高野が来るまで扉の外で待っていた。大泉が「藤木くーん」と甘ったるい声で呼んでも、ちらりと目を向けただけで、乗ろうとはしなかった。

「わりぃ。ちょっと腹壊しちまって」

出すものを出したら具合はよくなったようだ。

高野に続いて藤木が乗ると、すぐに中央にある乗降口の扉が閉まった。

「藤木くん、ここ来ない？」

大泉が懲りずに誘う。そのために黒須を横に座らせず、隣を空けていたようだ。

山に近い田舎町の路線バスは空いている。

藤木は大泉に「窮屈になると悪いから」と答え、前方のシートに、皆と離れて座った。藤木らしい気の遣い方だったのはわかるが、これでまた大泉は面子(メンツ)を潰されたと感じただろう。

今夜あたり大泉は大胆な行動に出るかもしれないなと、チラッと思った。


路線バスのバス停のすぐ脇にアスファルト舗装された坂道が通っていて、奥に青緑の屋根を乗せたロッジ風の建物が見えている。

「えっ、ここ？　思ってたより大きい。すごい素敵」

黒須がはしゃいだ声を上げる横で、大泉は何事か考えに耽っている様子で、さっきからずっと黙りこくっている。それを狭山がチラチラと気にしていた。狭山にとっても今回の泊まりがけハイキングは、大泉と親しくなる絶好の機会だ。藤木の存在は最大の障害だったはずだが、俺に、藤木も仲間に入れてくれと縋る目をしてきたのは、理解し難かった。大泉は気分屋だから、あそこで俺が藤木はダメだと言えば、じゃあ私もやめておく、と言い出しかねない雰囲気ではあったが、藤木が加わればこうなることは誰の目にも明らかだったろう。狭山はマゾなのか、と冗談混じりに思った。

「若宮さん、俺らが使っていい部屋はどれですか」

部屋割りをどうするかという話になり、狭山が聞いてくる。

個室は全部で五つある。二階に四部屋、一階に一部屋だ。それに広めのリビングダイニングキッチンで、あとは浴室などの水回りという感じだ。

一階にあるのが主寝室で、ここに三人寝られる。ハリウッドツインとシングルベッドの組み合わせだ。二階の四部屋はどこもシングルベッド一台の一人用の部屋になる。

「大泉と黒須の二人で主寝室を使うのが一番いいんだが、そうすると男五人を振り分けづらくなるから、主寝室には俺と、誰か男二人。残りが二階でどうだ」

俺の提案に、藤木を除く全員が互いの顔を探るように見合い、どうする、と主寝室を譲り合う雰囲気になった。ハリウッドツインに男二人で寝るというのがネックのようだ。それは無理もない。俺だって本当は嫌だ。

「あの、じゃあ、俺」

高野が遠慮がちに手を挙げる。

「藤木はどこがいい？」

狭山が藤木に振る。俺も気になって藤木の返事を聞き逃すまいと耳をそば立てた。

「俺はどこでも。余りでいい」

自分はオマケでついて来ただけだという遠慮でもあるのか、藤木は今回、何を決めるときでもあまり主張をしない。

「だったら若宮さんと高野と一緒に一階に寝てもらっていいか」

「俺はいいが……」

藤木に窺(うかが)うような視線を向けられ、仕方なく「俺もべつにいいぜ」と言った。なんとなくこうなる予感がしていた。藤木に対してはやはりまだ苦手意識が先に立つが、それはたぶん、二年からずっと同じクラスにもかかわらず、圧倒的に話す機会が少ないからだと思っている。寡黙すぎて取っ付きにくく、声を掛けられたかと思えば、八割方風紀委員長からの注意で、もう何度繰り返したかしれない不愉快な話しかしない。

だが、稀(まれ)に始業式の日にハンカチを貸してくれたような出来事が起きるので、戸惑うのだ。何か新しい展開になりそうでならない。

あのハンカチも、その後また藤木と話すきっかけのない日々になったため、いまだに自分で持ったままだ。家政婦さんに洗ってアイロンを掛けてもらい、何日かは制服のポケットに入れていたのに、声を掛けて差し出すだけのことが、腰が重くなってできず、もういいか、と投げ出して、今は自室の机の引き出しに入れたままになっている。

しまった、と思った。今の今までハンカチのことを忘れていた。今日みたいなときに持ってくれば、すんなり返せたのに、なぜ昨日荷物を詰める際に思い出さなかったのか。自分のうっかりぶりが恨めしい。

「じゃあ。よろしく」

藤木は俺と高野を交互に見て軽く頭を下げた。藤木は弓道をしているからか、所作の一つ一つにキレがあって美しい。私服姿のときも背筋がスッと伸びた姿勢は弓道着を着ているときと変わらず、見るたび初めて道場で見た時の凛（りん）とした姿が蘇（よみがえ）る。

二階の部屋割りも決まり、いったん解散することになった。

「部屋に荷物を置いたら、リビングに集合だ。昼食の準備を皆でしようぜ」

俺がリーダーシップを発揮するタイプではなく、そういう役目を煩わしがることを知っている狭山が、仕切り役をする。

「高野」

俺は高野に自分のリュックサックを預けた。

「部屋に置いといてくれ」

「あ、はい。若宮さん、シングルがいいですよね？」

「べつに。どっちでもいいぜ。なんなら俺とツインで寝る？」

深い意味もなく適当に言っただけなのに、主寝室のドアの前まで行っていた藤木が「若宮」と牽制（けんせい）の意図がはっきり出た声で呼ぶ。

藤木に、悪趣味だと言わんばかりに眉を顰（ひそ）められ、また指導かよ、とムッとしてそっぽを向く。顔の向きを変えた先には、何を想像したのか首まで真っ赤にした高野がいて、しどろもどろになっていた。

「あっ、あっ……あの」

「冗談もわからないのかよ、おまえら」

無粋すぎてシラける。

「ちょっと散歩してくる」

俺はツンとして、リビングのガラス戸の向こうのデッキテラスから庭に下りた。

今日の昼はここでバーベキューだ。あらかじめ管理を頼んでいる人に連絡して冷蔵庫を肉と野菜でパンパンにしておいてもらっている。

空にはもくもくした白雲が浮いており、目に染みるような青空が、夏が近いことを教えてくれているようだった。

＊

一日目はお昼のバーベキューがメインイベントで、庭でおおいに盛り上がった。

藤木は相変わらずで騒ぎはしなかったが、自分なりに楽しんでいるようではあった。大泉が焼けた肉や野菜を皿に盛り付けて藤木に「はい。どうぞー」と差し出すと、「ありがとう」と受け取る一幕もあった。二人がデッキテラスの端に並んで座り、何か話しながら食べていると ころには誰も割り込まず、狭山だけが落ち着かなそうにソワソワしていた。

なんだか狭山が道化のように見えて、俺は誰かがそういう役回りをしないといけなくなるような状況が心地悪いので、クーラーボックスで冷えていた炭酸飲料を手に、狭山に近づいた。

「おい、狭山」

「あ、若宮さん」

ほら、と缶入りの梅酒味ソーダを一本差し出し、ガーデンテーブルに横並びに座る。

「おまえさ、あれほっといていいの？」

デッキテラスの二人を、缶を持った手でさりげなく指差す。

「あー、まぁ、なんつーか……」

狭山は俺を横目で見て、言いにくそうに口元を指先でポリポリと掻く。

「べつに、負け惜しみじゃないんっすけど、たぶん、無理なんで」

「無理って何が」

初めはピンとこなかったが、重ねて聞いた直後に、あぁそういうことか、と気がついた。

「ひょっとして、あいつ、内緒にしてるカノジョでもいるのか？」

それなら確かに大泉がいくらアタックしても無理だろう。藤木は気が多いタイプには思えない。誠実そうな性格からして、好きになったら一筋っぽい。

「付き合ってはいないみたいだけど、好きな子はいるっぽいですね」

ひそひそ声で狭山は言う。へぇぇとしか相槌を打てなかった。藤木が案外普通で、これまで受けていた印象と違っていたので意外だった。

「あっ、でも、これ、ほとんど俺の勘なんで！　なんなら若宮さんが今夜探り入れてくださいよ。同室だからしやすいでしょ、この手の話」

「は？　なんで俺が。興味ないな。第一、高野も一緒にいるんだぞ」

全く関心がないかと聞かれたら返事に詰まるが、藤木とそんな話をするような仲では全然ないし、二人きりならまだしも高野も入れて三人で恋バナなど、誰のキャラクターにも合ってない。想像もできなかった。

「ですよね」

狭山は最初から冗談のつもりだったかのように、あっさりと同意する。

こうなると、藤木に好きな人がいるのではないかという話も眉唾に思えてくる。あまり本気にしないほうがよさそうだ。少なくとも、若宮にはピンとこなかった。

「おーい、食後のデザート、冷蔵庫から出してきたぞーっ」

吾野が屋内からデッキに出てきて、手にした大皿を少しだけ斜めにして皆に見せる。男たちでバーベキューの準備をする間に、大泉と黒須がキッチンで作ったビスケットケーキだ。上手にできた、と黒須が喜ぶ。

「明日は何時からハイキングに出掛けるつもりだ?」

アイスティーと共にデザートを食べているとき、珍しく藤木が口を開いた。

「朝ごはん食べてからだから……九時か十時くらい?」

大泉がコケティッシュに首を傾げてみせながら、藤木を上目遣いに見て言う。皆で話すことを、大泉に二人の話であるかのような体にされ、大泉以外の六人の間に微妙な空気が漂う。

「十時でいいんじゃないか」

狭山が大泉の言葉を受けて、皆をぐるりと見回して言ったことで、他のメンバーも話に入って行きやすくなった。

「そうだなぁ。ここのハイキングコースって片道二時間くらいなんだろ。十時にここを出て登り始めたら、ちょうどお昼に山頂に着く。帰路は一時間半見ておけばいいようだから、三時頃に別荘に戻って、あらかじめ用意しておいた荷物を持って三時四十分発のバスで駅に行く。そうすれば、四時台に一本しかないローカル線に間に合う」

「シーズン中でもそこまで混雑することはない山なんだろ。さくさく歩けるってレビューいくつか付いてたし、初心者向けの緩いコースみたいだから、それでいいんじゃね」

この中の誰も普段山登りはしないと言っていたが、この山は小学生でも最後まで歩き通せるので、問題ないだろうと若宮も思っていた。実際、小学校低学年頃までは、家族で別荘を訪れるたびに登らされていた。

十時出発で決まりそうな雰囲気だったが、最初にこの件を持ち出した藤木が、おもむろに口を挟んできた。皆の意見を聞くだけで、ずっと沈黙していたと思ったら、最後の最後に異を唱える。

「八時にしないか」

皆一斉に「はあっ？」と面食らい、ざわつく。

若宮は基本、おまえらに任せる、というスタンスで、自分は話に加わらず聞いているだけだったが、さすがに藤木のこの唐突な異論には眉を顰めた。

「藤木、さっき狭山がした話、聞いてなかったのか。タイムスケジュール、完璧だっただろ」

「なんならもう一回言おうか？」

吾野に続いて狭山が嫌味っぽく言う。怒りっぽいほうではないはずだが、さすがにこれは面白くなかったようだ。

「いや、いい。聞いていた」

藤木は淡々とした口調で必要ないと断る。

承知の上で言っているとわかって、皆ますます理解できなくなったようだ。大泉は戸惑った表情で藤木の顔を見ている。俺は藤木の言葉足らずさにイライラしていた。八時という提案自体、怠け者の俺には受け容れ難く、余計なことを言い出しやがって、という気持ちだった。

「なんで八時なの？」

黒須が発した妥当な質問に、皆も頷く。

「明日の午後は天候が荒れるかもしれない」

「天気予報は晴れときどき曇りだったぜ。ほら」

吾野がスマートフォンの天気予報アプリを開いて見せる。

「あたしのも一緒よ。晴れと曇りマークになってる。藤木くんは何を見たの？」

藤木はインターネットで行楽地の天気予報サイトを見て、この辺りで人気の登山スポットの天気を調べていた。一時間単位での予報が載っており、確かにそれには雨マークが付いている。ただし、それは若宮たちが登る山ではなく、もっとメジャーな別の山の天気予報だ。近いとはいえ、それがそのまま当てはまるかどうかは微妙なところだ。

「うーん……でも、八時はちょっと」

大泉が藤木と他のメンバーの間を取り持つように譲歩案を出す。

「九時にしない？　真ん中取って」

そうだな、という雰囲気になった。藤木はすぐには返事をせず、厳しい面持ちでしばらく思案していたが、皆の様子から説得は難しいと判断したらしい。

「九時にしよう」

その一言で場の空気が緩む。

「ただし、天候が怪しくなりそうな気配を感じたら、登山途中でも引き返す判断をしてほしい。予報は予報で、よくも悪くも絶対じゃない。時間単位の予報は数時間ずれてしまうことも珍しくない。特に山の天気は変わりやすいから、そもそも予報が難しいんだ」

普段口数の少ない男が饒舌になると、重大なことを言われている気がして、真剣にならないといけない気持ちになる。その一方で、藤木は慎重で頭が硬いから、僅かな可能性を大げさに言い立て、せっかくの楽しい気分に水を差すようなことをする、と忌々しくなりもした。考え方も性格も習慣も価値観も違う人間が一人いるとやりにくい。やはりこいつを誘ったのは失敗だった。

「わかったよ。万一があったら大変だから無理はしない。肝に銘じておく。なぁ、みんな」

狭山が話を纏め、皆も渋々という体ではあったが頷く。俺は頰杖（ほおづえ）を突いたまま、肯定も否定もしなかった。いつものことなので、藤木以外は気に留めた様子もない。藤木がこっちを見ていることには気づいていたが、あまり機嫌がよくなかったので無視した。

その後、全員で手分けしてバーベキューの後片付けをしたが、さっきの件をそれぞれ引きずっている感じで、片付けが終わってからもまだなんとなく空気が重かった。

さすがに大泉も今は藤木に近づいてベタベタしづらいらしく、黒須に誘われて付近に植物観察に出掛けていった。狭山、吾野、高野の三人は、麓まで下りてレンタサイクルで観光エリアを巡るそうだ。

「若宮さんも来ませんか」

「俺はいい。なんかちょっと疲れたから部屋で昼寝する」

「じゃ、また後で。夕食までには帰るんで」

こいつらと一緒にいて楽だと感じるのは、遊びでもなんでも、とにかく頑張ろうとしないところだ。基本的にゆるゆるで、ハイキングに来ても朝起きるのは遅め、前日はバーベキュー以外の計画は立てずで、その場のノリや気分で各自したいことをすればいいという感じだ。それが若宮の性格に合っていて、楽だから、取り巻きたちに中心に祭り上げられることを受け入れている。

主寝室に行くと藤木がいた。ベッドは結局、若宮がシングル、藤木と高野がツインを使うことになった。藤木はハリウッドツインの左側を取ったようで、そこに腰を下ろしてスマートフォンを弄（いじ）っていた。若宮は藤木には近寄らず、ツインベッドの右に据えられた自分のベッドに真っ直ぐ向かい、仰向（あおむ）けに寝転んだ。

「まだ天気予報見てるのか？　おまえもたいがいしつこいな」

シーリングファンがゆっくり回転する様を見るともなしに見ながら、藤木を皮肉る。

藤木はそれには答えず、「寝るのか」と聞いてきた。

ああ、と答えると、藤木は立ち上がってベッドを離れ、壁際に置いたリュックから文庫本を取った。

「リビングにいる」

「誰もいないぜ。他のやつらは出掛けてる」

べつに出ていってくれと頼んだわけでもないのに、よそよそしいやつだ、と興醒めする。かといって、寝ている自分の横で黙々とスマホを弄ったり、読書したりされても落ち着かない。

返事もせずに寝室を出ていく藤木を薄目で見送り、布団に潜る。

「やっぱ無理だ、俺」

何を考えているのかさっぱりわからず、フラストレーションが溜まる一方だ。

理解しようとすると遠去かり、距離を置こうとすると近づいてくる。

おちょくられているようで腹が立つ。いいように弄ばれるのは嫌いだ。次に何かあったら抑えきれずに爆発させてしまいそうだ。

ギリギリまで水が溜まったコップに、藤木が慮っていた雨がポツポツと落ちてくる。

水に波紋ができては消えていく。水面が揺れる。

――そんな夢を見た。

＊

――ポツ。

最初の雨粒が鼻先に落ちてきたのは、十一時少し前だった。

昨日決めた通り九時過ぎに別荘を出て、気持ちよく晴れた中、ハイキングを開始した。

予定より十五分ほど出発が遅れたのは、大泉がなかなか部屋から出てこなかったからだ。黒須によると、支度に時間が掛かったらしい。

顔には出していなかったが、藤木は何度も腕時計を見ていた。気を揉んでいるのが端目にもわかった。

やっと玄関先に来た大泉は、ここぞとばかりに気合を入れた山ガールの出立ちで、薄く化粧もしていて、全く興味のない俺でも、確かにめちゃくちゃ綺麗だなと思ってしばらく目を逸らせなかった。「遅れてごめんねー」と屈託なく謝り、昨日よりもっとテンションが高くて、そんなにハイキングに期待していたのかと意外だった。

ただ、昨日はさんざん藤木に纏わりついていたのに、今日は全く近づこうとせず、明らかに不自然だった。夜、藤木はしばらく部屋にいなかった。もしかしたら、そのとき大泉と会っていて、何かあったのかもしれない。

ハイキングコースを歩きながら、「雨など降りそうにないじゃないか」と取り巻き連中がし

んがりの藤木にまで聞こえるように言う。藤木の反応が気になって背後を振り返ると、藤木は

立ち止まって空を仰ぎ見ていた。山の端に掛かっている厚い雲が気になっているようだ。気難

しげな顔をしている。

天気はいいが湿度が高くて少し歩いただけで汗が出る。

「結構きついっすね。若宮さん、本当にここ小学生のとき登ってたんですか」

「ああ」

「この山、ほんと人少ないっすね。日曜なのに他に十組も見てない気がする」

「昔はここまで閑散としてはいなかった」

よけいなことを考えないで山歩きを楽しんでいたあの頃のほうが、よっぽどサクサク歩けて

いた。それとも、記憶に残っているのがいいことばかりで、きつかったことなどは、忘れてい

るだけなのか。

山頂まで平均二時間のはずだが、大泉もすっかりへばっていて、さっきからずっとぐちぐち

文句を言っている。

うるさい。黙って歩け。あと三十分も歩けば頂上だ。

なんとしても登り切る。若宮はムキになっていた。

歩き始めて一時間四十分あまり経ったが、案内板を見ると、まだ頂上まで一時間近くかかることがわかり、一気に疲労が増した。

そこに、雨粒が落ちてきたのだ。

「えっ、嘘っ。ホントに降ってきた」

皆、立ち止まって空を仰ぐ。

さっきまで雲の隙間に見えていた青空が、すっかり灰色の雲に覆われてしまっている。

「戻ろう」

しんがりから急ぎ足で皆の真ん中に来た藤木が、怖いくらい真剣な表情で言う。

皆の意見を聞いている時間も惜しみ、とにかく今すぐ引き返すぞ、と急かす。

「西から雨雲が近づいている。直に本降りになる。これ以上進まないほうがいい」

藤木の冷静な声音と、迷う隙を与えない断じる言い方に、皆、呑まれつつも頷く。

いざという時に藤木が発揮する統率力、牽引力は、並外れていた。昨日文句を言っていた連中が、素直に山を下り始める。

「おいっ。本気かよ、おまえら」

納得していないのは若宮だけだった。

雨は大したことない。なんとなく、また空が明るくなってきた。

藤木の言うことが正しいと、誰が保証するのか。予報は予報、昨日、藤木自身が言った。

「俺はこのまま登る」

誰にともなく言い捨てて、再び頂上目指して登り始めた。

「若宮！」

少し遅れて気づいたらしい藤木の声を背中で聞く。

追いつかれたくない一心で足を速めた。

夢中だった。

本音を言えば、単に拗ねただけだった。俺の取り巻きのはずの連中が、俺に一言たりとも意見を求めず藤木に従うのが面白くなくて、自分は絶対言いなりにならないと意地になった。

藤木のすごさを認めるのが癪だった。

――いや、本当に本当の気持ちは、そうではない。

認めるのは勇気がいるので胸の内で、自分にだけこっそり白状すると、たぶん俺は藤木に追い掛けてきてほしかったのだ。

うざい、構うな、あっちに行け、と口では罵倒しつつ、本心は構ってもらいたかった。潔く認める。

そうした若宮の我が儘が、藤木を自分もろとも大変な事故に遭わせ、心と身体の入れ替わりなどというあり得ない事態を生じさせることになるとは、露ほども想像しなかった。

5

山で事故に遭い、二週間眠ったままだった若宮怜一が、ついに目を覚ました。

学校帰りに藤木将として若宮の病室を訪れると、父親と母親が顔を揃えていた。二人とも仕事を早めに切り上げて、先ほど父親の車で一緒に来たらしい。

今回は事が事だけに、両親も他人任せにするわけにはいかなかったようだ。むろん、大切なのは世間に与える自分たちの印象で、息子のことは二の次に決まっている。

「藤木将くん、だね。初めまして。怜一の父です」

なんとも変な気分だった。もう何年もまともに向き合っていなかった父親と他人行儀な挨拶を交わし、握手までした。選挙慣れしている父親は有権者とはよくやっているが、身内とはしない。藤木の体で初めて握手して緊張する。

母親はベッドの脇に立っており、目が合うと頭を下げてきた。お辞儀の仕方一つ取っても一般人っぽさがなく、議員の妻とやり手の経営者という二つの顔を持つ女性にふさわしい優雅さと風格を感じる。母親とも家ではめったに顔を合わせなかったし、ろくに会話も交わさない状態が長く続いていた。こうして第三者目線で見ると、華やかな女性という印象は確かに強いが、学生相手にもきちんとした応対をして、感じは悪くない。意外だった。もっと取り澄ましているのかと思っていた。意地の悪い見方をするなら、単に外面がいいだけかもしれない。父親に対してもそこは同様の感触を受けた。

こちらへどうぞ、と母親に場所を譲られ、ベッドに近づく。心臓が鼓動を速める。意識のある自分に藤木として相対するのは異次元の感覚すぎた。意識が戻ったからには、俺が抜けた代わりに藤木が入っていると考えるのが理に適っている。果たして若宮の中の藤木が、自分自身を前にしてどう反応するのか。両親が見守る中での初対面ということもあり、気持ちが悪くなりそうなほど緊張する。

若宮怜一はベッドに横になったままで、リクライニングで僅かだけ上体を起こしていた。まだ夢から醒めきれていない感じで、どこかぼうっとしていて反応が鈍い。顔を反対側に傾けていて、目の前に行くまで気づく様子がなかった。

「若宮」

声を掛けたら、緩慢な動きでようやくこちらを見た。

若宮の目に何かしらの感情が浮かんだ気がしたが、ほんの一瞬で掻き消え、虚ろな眼差しを向けられただけになる。

「まだ状況を把握できずにいるようで、ずっとこんな感じなの。記憶も混乱しているみたい。

会話ができる状態ではなくて、私たちも何も話せてないのよ。せっかく来てもらったのに、ごめんなさいね」

話せないと母親から聞き落胆する。それだと藤木の存在を確かめられない。とはいえ、数時間前に二週間ぶりに意識が戻ったばかりなのだから、こうなってもおかしくはなかった。身体(からだ)のほうは、入院中に足の捻挫(ねんざ)も治り、体力の衰え以外は問題ないそうだ。あとは心の問題で、これに関しては待つしかないらしい。

人形のようにほとんど動きもしない若宮に、大丈夫なのかと不安が込み上げる。

体は起きても藤木はまだ覚醒(かくせい)していないのだろうか。

「若宮。俺だ」

もう一度声を掛ける。

聞こえてはいるようで、ピクッと白い頬が引き攣(つ)った。だが、相変わらず目には生気がなくて、整った顔に穴が二つ空いているようだった。

おまえキモイよ……自分の今の有様を見て、情けなくて泣きそうになる。

枕に頭を乗せ、何もない空間を見ている若宮の傍(そば)を離れ難くて、その場に居続けている間に、秘書が来て父親とボソボソ低い声で話していた。秘書が畏(かしこ)まって再び出ていく。父親に「おい」と呼ばれた母親がベッドから離れる。

それを待っていたかのように、若宮が頭を少し起こす。

ギョッとして、思わず声を上げそうになったが、だめだ、と言うように脇に下ろしていた腕を摑まれた。

——藤木？

先ほどまでとは打って変わり、目に力強い輝きが戻っているのを見て、息を吞む。

長い睫毛に縁取られた、茶がかった瞳の大きな目。白く滑らかな肌、薄めの小さな唇。どこを取っても藤木将とは違いすぎて認知がおかしくなりそうだが、藤木もきっと同じように戸惑いながら俺を見ているだろう。バグを起こしたゲームのキャラクターの、ビジュアルと声が入れ替わったようなものなのだから。

「藤木くん」

父親と母親が揃って近づいてくる。

その前に若宮は人形に戻っていた。もう少し時間があれば話ができた気がするのに、残念だ。

だが、藤木が若宮の中にいることは確信できたので、とりあえず安堵する。藤木さえ無事ならきっとどうにかなる。あいつは物知りで思慮深く、何事が起きても冷静に対処するから、今度もなんとかしてくれるだろう。一人じゃないと思うと、肩の荷が軽くなった。

「我々はそろそろ帰らないといけない。息子は明後日退院させるが、しばらくは家で療養することになりそうなので、よかったらまた会いに来てやってください。次は自宅のほうに」

「はい」

なんとなく、このまま一緒に病室を出なければいけない雰囲気だったので、今日のところは藤木と意思の疎通を図るのは諦める。

後ろ髪を引かれる心地で病院を後にした。

＊

「そうなんだよ、あいつ馬鹿でさぁ」

ぎゃっはっはっ、と膝を叩いて大笑いしながら、仲間内で喋っている取り巻きたちの中に割り込んでいく。

「ちょっといいか」

リーダー格の狭山とまず目線を合わせ、次にその他の連中をぐるっと見回す。吾野、高野に加え、ハイキングには参加しなかった入間と加治もいる。皆、ここのところ藤木に対してなんとなくよそよそしい。狭山たちは、病室で騒いでいるところを見られたのがよほど気まずかったようだ。入間と加治もその話を聞いているのだろう。若宮の意識が戻ってからは、まだ誰も見舞いに行ってないようだ。

「ああ、藤木。なに？」

「明日、若宮の家に一緒に行かないか」

本当は藤木と一対一で話すのが一番いいとわかっているが、あの家を一人で訪ねるのは躊躇われた。苦手意識が強く、どうしても腰が重くなる。あれから若宮がどういう状態なのか聞いておらず、まずはどうしているのか様子見したかった。今のうちに狭山たちと会っておくほうが、学校でいきなり取り巻かれるより対処しやすいのではと思い、皆を誘ってみることにした。

「あー、明日かぁ。土曜は俺用事があるんだ」

もうその返事から、狭山だけでなくここにいる全員行く気がないなと察しがつく。互いに目と目を交わし合い、おまえが次に喋れ、と押し付け合っている。狭山も明らかに迷惑そうだ。取り巻きごっこもそろそろ潮時と見切りをつけたのかもしれない。

「親が家庭教師雇っちまってさ。中間の成績がイマイチだったもんだから、次はもう落とせないんだ。期末まであと十日に迫ってるから、土日はみっちり扱かれる」

「俺もそれ。塾だけど」

俺も、俺も、と他のやつらも次々に言い出す。

フッと溜息が洩れた。藤木将にそうされると、やましさを感じているときは特にバツが悪くなる。見透かされ、呆れられている気がして、動揺するのだ。こいつらも同様のようだ。

「若宮、週明けから登校するらしいぜ」

加治が教えてくれる。

「それ、どこから聞いたんだ？」

初耳だったので、知らなかったのは自分だけかと思い、何の気なしに確かめる。

すると、狭山も感心したように言った。

「へぇ、そうなのか。相変わらず耳が早いな」

どうやら、ここにいる中で退院のことを知っていたのは加治だけのようだ。

「職員室に行ったとき、たまたま担任と教頭が話してるのが聞こえたんだよ」

加治は淀（よど）みなく説明する。

「まだ本調子じゃないっぽいけど、あいつただでさえ出席日数ギリギリだから、ご両親から学校に相談があったらしい。教頭が、くれぐれも無理させずに、って担任に念を押してた。御曹司預かってると公立でも気を遣うのな」

最後は皮肉っぽく唇を上げて言う。こいつはいつも一言多くてムカつく。和樹（かずき）と少し似ているところがある。

「まぁそういうわけだ。悪いが明日一緒に行けるやつはいない」

「……わかった」

「あ、でもさ」

狭山が意味深な目つきになって言い足す。

「若宮も藤木が一人で来たほうが嬉（うれ）しいんじゃないかと思うぜ」

なに、と眉を寄せて訝（いぶか）しむ。若宮は自分だが、狭山にそんなことを言われる訳がわからない。

「ひょっとして、藤木もまんざらでもないんじゃないのか」

さらに思わせぶりな発言が飛び出す。

「何の話だ」

憮然として聞いたが、狭山はニヤニヤしながら、吾野に「なぁ」と同意を求めるばかりで、はっきり言おうとしない。もやもやさせられて不愉快だったが、藤木らしくこの場はそれ以上突っ込まずに引いた。

連中が行かないのなら、腹を括るしかなさそうだ。

翌日、藤木の母親に言われて老舗の和菓子屋で買った菓子折りを手に、久々に自分の家の前に立った。

インターホンを押して名乗る。

「藤木と言います。怜一くんのクラスメートです」

自分の家でこんなことをしたのは初めてだ。妙な気分で落ち着かず、返事を待つ僅かの間すら長く感じた。

どうぞ、と重厚な玄関ドアを開けて迎えてくれたのは、家政婦の清瀬さんだった。

家の中は静かだ。少なくとも一階に家族がいる気配はしない。父親と母親は予想に違わず出掛けているようだった。これでもし和樹も留守なら、藤木と二人になれるかもしれない。週末に美樹がこの家にいる可能性はほぼない。にわかに期待が膨らむ。

最初リビングに通されたので、ここで若宮と会うことになるのかと思ったが、勧められたソファに座って待っていたところ、再び清瀬さんが来て「お二階へどうぞ」と言われた。

「階段を上がってすぐの部屋です」

百も承知だ。

階段を上がっていくと、ドアを半分開けた状態で、若宮が待ち構えていた。

目が合った途端、藤木だと直感的にわかった。たぶん、自分にだけわかるのだと思うが、若宮怜一ではない何者かの要素が眼差しに含まれている。そこに藤木将の意識を感じた。

入ってくれ、と視線を動かして伝えられ、部屋に足を踏み入れた。若宮の姿をした藤木がドアを閉める。

室内はハイキングに出掛けた日の朝と比べたら、格段に片付いていた。部屋を掃除したのは清瀬さんのはずだ。藤木はそれを、綺麗(きれい)な状態を保つように使っているのだろう。藤木の部屋の整頓されぶりを見ると、几帳面なのがわかる。

「やっと話ができるな」

閉めたドアに背を向ける形で若宮がこちらを振り返る。

姿は若宮だが、中身は間違いなく藤木だった。

ここにいるのは若宮ではなく藤木将で、対する自分は藤木ではなく若宮怜一だ。認知が歪(ゆが)みそうなので、今後は外見に構わず自分のことは若宮、相手は藤木ということにする。

「そうしよう。そのほうが俺も助かる」

藤木も同意する。

「体の調子は？　俺が聞くのもなんか変な気分だが。見た感じ、問題なさそうだな」

「そうだな。俺もだ。体の調子は悪くない。捻挫も綺麗に治っている。ただ……」

「ただ、なんだ」

「なんというか、自分のではない身体を扱うのは微妙だ。疚しいことをしている気分になる」

「おい。まさか俺の身体に不埒な真似してないだろうな」

どういう意味だ。聞き捨てならず突っ込む。その実、自分も最初似た気持ちになったので、身に覚えがあって狼狽えてもいた。

「してない」

藤木は心外だという顔をしてはっきり否定する。嘘がつけるタイプではなさそうだから、信じていいだろう。

「……そもそも、不埒な真似ってなんだ……」

そっぽを向いてボソリと呟いた藤木は、何を想像したのか、じわりと顔を赤らめる。

「とにかく、俺もなるべくおまえのプライバシーは侵さないようにするから、おまえもよけいな詮索すんな」

いちおう釘を刺しておく。

「ああ。もちろんだ」

藤木は頷き、きちんとカバーを掛けたベッドに腰掛ける。勉強机の回転椅子の他に一人掛けの安楽椅子があるのだが、本来の部屋の主の手前、遠慮したようだ。べつに気にしなくていいのに、藤木らしい配慮のし方だと思う。

「喉渇いたな。外めちゃくちゃ暑いんだぜ。冷蔵庫、使ってるか？」

「いや。あまり」

「使えよ。そういうのは好きにしろ。そのほうが俺らしい」

「わかった」

久しぶりに開けた冷蔵庫には、前から入れてあったもののうち、賞味期限が切れてないものだけが残っていた。他は清瀬さんが片付けておいてくれたのだろう。

ペットボトルのコーラを二本取り、一つを藤木に放る。

投げたボトルを藤木は座ったままパシッと受け取った。

コーラを飲みながら回転椅子に座り、キャスターを転がしてベッドの藤木との距離を、話がしやすいくらいに近づける。

「それにしても、おかしなことになったたな。意識を取り戻したとき驚かなかったか」

「驚いた」

藤木は言葉少なに答えたあと、今はそれではだめだと思い直したようで、続けて言う。

「夕方、藤木が見舞いに来たのを見て、若宮と入れ替わったんだとわかった。とりあえずホッとした。お互い無事だったのなら、もう一度同じことが起きて元に戻れるかもしれない。どうやったらいいかはわからないが」

「さすがのあんたにもわからないか」

「ああ。残念ながら、まったくだ」

だよなぁ、とぼやき、また一口コーラを飲む。藤木もキャップを捻(ひね)って開け、ボトルに口をつけた。白い喉が上下に動くのを見て、藤木の目で若宮を見るとこんな感じなのかと、なぜかちょっと面映(おもはゆ)くなる。いや、こいつは別に俺のことを意識して見たりしてなかっただろう、と変な妄想を振り払った。

「若宮。悪かったな、巻き込んで」

唐突に藤木が謝る。

「なんで?」

全く理解できず、顰(しか)めっ面になる。謝られたら、かえって罪悪感が増す。巻き込んだのはこっちのほうだ。

「悪いのは俺だろ。藤木は助けてくれようとして一緒に落ちただけだ。二度と謝るな」

「棚場が崩れたのは、俺のせいかもしれない」

「違うよ」

実際どうだったのかは知らないが、そんなふうに考えたことは一瞬たりともない。だから、きっぱりと否定してやった。

藤木は軽く目を瞠り、開きかけた口を閉じ、一度視線を膝の上に乗せた手に落とし、それからおもむろに頷いた。

一連の動作を自分の顔で見せられて、恥ずかしかった。どうやら若宮の身体には若宮がしがちなしぐさが、癖みたいに染み付いているようだ。こっちも、藤木の身体で、藤木の癖やしぐさを無意識にしていることがあるので、それと同じことが起きているのだと想像が働く。

「事故の話はもうなしだ。俺、自分がしたこと反省してるし。おまえに謝ったりされたら、傷を抉られるみたいでマジきつい」

「わかった」

藤木が俺を真摯な眼差しで見据えてくる。

「それより、今後の話だ。とりあえずこのまま入れ替わって過ごすしかないだろ」

「俺もそう思う。あとひと月で夏休みになる。まずはここを乗り切ろう」

「休みに入れば学校の連中と顔を合わせる機会が減るから、気分的に楽になるな。あー、でもその前に最大の難関がある」

「期末か」

そのとおり、と手のひらで額と目を覆ったまま背凭れを自重で倒して天井を仰ぐ。

「先に謝っとく。中身が俺だと、藤木の頭脳はいつもの半分しかシャキシャキ動いていない感じがする。学年トップクラスの成績は諦めてくれ。……努力はする、するが、たぶん無理」

「まぁ、それは、なるようにしかならないだろう」

藤木はすでにそうした事態についても考えていたようで、達観した言葉を返す。奨学金の資格を取り消される可能性もあるだろうに落ち着いたものだ。何が起きても受け止めて、そのときそのときできることを誠実にする、そんな気構えを感じて、喉元まで出掛けた提案を呑み込んだ。もしものときは父親に頼もうと考えていたが、余計なお世話だという気がしてきた。きっと藤木は断るだろうと想像がつく。

「……そうだな。逆に、俺の成績もそこそこになるように加減してくれると助かる。そういうの抵抗あるだろうけど、元に戻ったとき、あれはなんだったんだ、って言われたら俺が困るから」

「若宮は本気になったら伸びると思うが。やらないだけだろう。授業を毎回ちゃんと聴くだけでいい。絶対変わる」

真顔で言われ、冗談はよせと笑い飛ばせなかった。「どうかな」と、茶化さず、でも曖昧に受け流す。やればできるんじゃないのか、と言われたこと自体は、くすぐったくも嬉しかった。小学生のとき以来だ。

中学受験に失敗するまでは、親も期待を完全に捨ててはいなかったのだと思う。ことに、低学年の頃までは姉や弟と変わりなく接してもらっていた。高学年になり、受験が迫ってくるにつれ、ぎくしゃくしだしたのだ。少しでも悪い成績を取ると叱られ、態度が厳しさを増していき、俺は俺でどんどん反抗的になり、関係が崩れていった。当時を思い出すとつらくなる。

「うちの親、俺を若宮家の人間とは思ってないところあるから、不愉快な態度を取られたり、嫌なこと言われたりすることがあるかもしれないが、聞き流せばいいから」

若宮家にいればそのうち嫌でも知るだろうことを先回りして言っておく。

藤木は僅かに首を捻り、今のところ思い当たる節はないような顔を見せた。退院してまだ何日かにしかならないので、さすがの親たちも冷ややかな言動は慎んでいるのかもしれない。

「あと弟。和樹には気をつけろ。中学生だけど、生意気で傲慢で、裏表ありまくりだから」

「若宮とはあんまり似てないなとは思った」

「顔はそこそこ似てるって言われるぜ。タイプは違うみたいだけど。あっちのほうが髪ふわふわで、天使っぽいとか昔から言われてて。それ聞くたびに、本性知って腰抜かせと思ってた」

「ああ。……なるほど。よくわかった」

藤木は納得したように言うと、「うちの親とはうまくやれそうか？」と藤木家の話に変える。

「いいお母さんだな。俺は毎日本当に楽しい。あんたに申し訳ないとずっと思っていた」

「そうか。ならよかった」

このまま藤木将でいたいと思ってしまうほどに、藤木の家が好きだ。もちろん、本人を前にしては口が裂けても言わない。

「一刻も早く藤木にお母さんを返さないと悪いよな」

「俺も若宮にこの立派すぎる部屋を返したい。自室に冷蔵庫があるのを見たときは、びっくりしたよ。二階にバス、トイレがあると知ったときもだが」

「いちおう県で有数の名家ってことになってるからな」

　ここで、あっ、と思い出す。

「そういえば藤木のお母さんに言われてお菓子ここに持ってきた。藤木、壁のインターホン、受話器持ち上げたらキッチンにかかるから、清瀬さんにお茶持ってきてもらってくれ」

「えっ。俺が？」

「他に誰が頼むんだよ。ほら。練習だ、練習！」

　たじろぐ藤木になど、めったにお目にかかれるものではない気がして、調子に乗ってはしゃいでしまう。

　一ヶ月前はこんな気安く話せる関係ではなかったのに、こうしていると前から仲のいい友達同士だったみたいだ。それを楽しいと感じている自分がいる。

　藤木が、若干遠慮がちに、清瀬さんにお茶を頼むのを、ニヤニヤしながら見ていた。

「すぐ持ってきてくれるそうだ」

　受話器をフックに戻して振り返った藤木は頬を紅潮させていた。慣れないことをさせられてドギマギしていたのがわかる。

「なぁ。あんたの親友の秋津って、どういうやつ？」

ベッドに座り直した藤木に聞く。

「どうと言われても返事に困るが。弓道部の部長で……」

「それはいい。そんなこと俺だって知ってる。そうじゃなくて、人となりだよ。俺はどんなふうにあいつと向き合えばいいのか、そこ、教えといてくれ」

わからないままだと、秋津の洞察力に長けてそうな目に毎度ヒヤヒヤする。バレるんじゃないかと気が気でない。

藤木は少し思案してから、一言告げた。

「いいやつだ」

もっと具体的な返事を待っていたので、ガクッと頬杖を崩し、アームレストから肘を落としそうになった。

「ああ、きっとそうなんだろうな」

嫌味っぽく返したが、藤木は真面目な顔をしたまま頷き、あらたまった態度で言ってきた。

「若宮。もしも俺以外の誰かに助けを求めないといけなくなったら、迷わず秋津を頼れ。あいつになら、入れ替わりを話しても俺はかまわない。もちろん、必要ない限りこれは俺と若宮二人の秘密にしておくが、万一のときは、このことを心に留めておいてくれ」

「信頼しているんだな」

「している」

一抹の不安もなく言い切られては、「わかった」と言うほかなかった。

「元に戻れるかどうかは、運を天に任せるしかないが、希望を捨てる必要はないと思う」

「ああ。先週までは俺一人でどうしようかと思っていた。誰にも相談できないし。それからしたら、今は藤木がいるから、俺はだいぶ肩の荷が下りた」

とりあえず夏休みまでを乗り切ろう。

予想以上にたくさん藤木と話ができて、若宮家からの帰路は足取りが軽かった。

＊

プッ、と通知音がして、スマートフォンのトークアプリに藤木からメッセージが届く。

『今日は慌ただしくて話す機会がなかったが、俺の振る舞い、おかしくなかったか？』

若宮は『よぉ』というスタンプをまず送り、両手でタタタと文章を入力する。

『事故後久しぶりに登校したんならあんなもんだろ。まだ本調子じゃない感じ、不自然さはなかった』

細切れにトークを送る。

『試験前はさすがにサボってなかったから、明日からもおとなしく机に着いててOK』

『狭山たちとは何か話したか？』

朝、若宮怜一が教室に入ってくるなりざわついて、クラスメートたちが代わる代わる話し掛けに行く中、取り巻き連中はなかなか腰を上げようとしなかった。一番仲がいいはずの狭山たちが、しばらく様子を見るように遠巻きにしているのを、あいつらどうしたんだ、と訝しむ者もいただろう。週末自宅に直接見舞いに行った藤木なら、ひととおり皆が声を掛けたあとに「おはよう」と一言挨拶するのがらしい気がしたので、若宮自身はそうした。

『一限目の後、ちょっと話した。元気そうでよかった、無理するな、みたいなことを言ってくれただけで、話という話はしていない』

『そっか。あいつら、もうあんまり近づいてこないかもな』

少し間をおいて藤木から返事がくる。

『それでいいのか。若宮は自分から話し掛けに行く感じじゃないが、そうしたほうがいいならする』

『いや、いい』

若宮は続けて指を動かした。

『これからはあいつらも受験勉強優先で行くっぽかった』

『今から本気出すつもりらしい。遊んでる暇はないし、サボリも内申に響くから、くっついてる意味なくなったんだろ』

『こっちもせいせいしてる』

清々しているというのもまんざら嘘ではないが、手のひらを返されたような寂しさも正直ある。いつかこんな日が来ると心の片隅で思ってはいたが、実際にそのときが来ると、想像していたよりダメージが大きくて、己の打たれ弱さを自嘲する。

既読にはすぐになったが、それから二分以上経ってもレスが来なかったので、ここで終わるのかよ、と拍子抜けしつつ台所に水を飲みに行った。

戻ったら藤木から『無理するな』のスタンプが来ていた。

思わず笑みが零れる。

「あいつ、これ一つ送るのに時間かけてたのか」

事故に遭ったとき若宮はスマートフォンを落として失くしたので、今藤木が使っているのは新しく買い直したものだ。トークアプリのパスワードを教えてやって、アカウントは引き継げたが、トーク履歴はバックアップを取っていなかったので全部吹っ飛んだ。スタンプはダウンロードし直せたが、藤木はあまり使わないらしく、送られてきたのは初めてだ。

「俺のにはスタンプ山ほどあるから、あいつ、一番気持ちに合ってるやつを延々探してたんだろうな」

藤木の気持ちが籠ったスタンプを見ていると、ほっこりして、ついでに涙腺が緩みそうになる。真面目すぎて面白みがない、何を考えているかわからなくて苦手だ、と思っていた藤木の印象がどんどん変わっていく。

『ありがと』『おやすみ』と続けてスタンプを送る。藤木は、デフォルトで入っているもの以外には、二種類のスタンプしか持っていなかったので、探すまでもなかった。

『おやすみ』

藤木からもまた返ってくる。

今藤木も同じ画面を見ている、この瞬間も繋がっているというのがなんだか不思議だった。心が浮き立っていて、高揚を鎮めてからでないと眠れそうにない。

こんなとき若宮は、ゲームをして時間を潰したり、配信で映画を観たりして関心の対象を切り替え、眠気が差すのを待つことが多かったが、藤木の部屋にはテレビもゲームもない。アプリゲームを勝手にダウンロードするのも悪い気がした。本はたくさん棚に並んでいるが、今は読書の気分ではなかった。

「仕方ない。勉強するか」

藤木の成績をあんまり下げるわけにはいかない。

勉強机に着いて教科書とノートを開いた。

6

夏休みが始まってすぐ、勉強道具を抱えて、再び若宮家を訪れた。

二階に上がっていくと、ちょうど和樹が部屋から出てきて、久しぶりに顔を合わせた。まだ若宮の身体が目覚める前に病院で会って以来だ。

こんにちは、と会釈してすれ違ったあと、わざわざ振り返ってこっちを見る。以前は友達を家に連れてくることはなかったので、珍しいと思ったようだ。詮索するような目つきが不快だった。

「あいつ、最近家にいること多いのか?」

部屋に入って、ドアが閉まっているのを確かめて、藤木に聞く。

「いや。今日はたまたま塾も習い事もないらしい」

「間が悪かったな。できれば顔合わせたくなかったぜ」

「若宮は弟が本当に苦手なんだな。まぁ、確かに、付き合いやすい性格はしてないようだな」

藤木も和樹の鼻持ちならない言動を浴びているようだが、いちいち相手にせず、前に忠告しておいたとおり聞き流しているらしい。

「なんであんなに偉そうなんだろ。しかも、俺に対してだけ」

「若宮が気になるんだろう。案外、羨ましいのかもしれない。それで嫉妬して、張り合っているのかもな」

「羨ましい？」

まさか、と笑い飛ばした。羨ましがられるような要素、どこにあるというんだ。

「それより、藤木。ほんとごめん」

藤木が二人で一緒に勉強するために用意しておいてくれた折り畳み式の座卓に着き、テーブルに両手を突いて深く頭を下げる。

期末試験の結果、藤木の成績をおそろしく下げてしまったのだ。若宮にしてみれば、全科目総合で学年十二位はかつてない快挙だが、入学以来五位以内をキープしてきた藤木のこの成績は職員室でもどうしたんだと取り沙汰されたらしい。学年主任と担任が並ぶ場に呼び出され、体調のことや、心配事の有無について小一時間聞き取りされた。

「いや。若宮はすごく頑張ってくれたと思う」

藤木は本心からそう思っているようで、落ち着いたものだった。

「でもな、おまえが希望している奨学金制度はめっちゃ条件が厳しいんだろ。このままだと大学には受かっても、それをもらえるかどうかは微妙だと言われちまった」

「内申書重視で高校の成績がかなり影響するのは確かだが、実力テストと二学期の中間期末がまだある。挽回のチャンスは残ってる」

本人がそれを受けられるなら可能性は高いが、二学期になっても入れ替わった状態が続くなら、そうはいかない。

「とにかく、勉強しよう。藤木、俺が怠けそうになったらハッパかけてくれ」

そのために今日来たのだ。

自分の将来は真剣に考えたことがないが、藤木の人生を左右するかもしれないと思うと、責任の重さにのらくらしていられない気持ちになる。やるだけやらねば、一生後悔を引き摺りそうだ。藤木の大学受験を失敗させたら、中学受験失敗のときの比ではないトラウマになりそうで、一刻も無駄にできないと焦りが出る。

座卓に向き合って座り、特に苦手としている数学を、わからないところをその都度藤木に聞きながら解いていく。

藤木は教え方も上手く、若宮が解き方を理解して類題を自力でこなせるようになるまで、辛抱強く付き合ってくれた。

一人では一時間で途切れる集中力が、藤木と一緒に取り組んでいると途切れず、あっというまに二時間経っていて驚く。

「少し休憩しよう」

藤木に言われ、若宮はトイレに立った。

二階のトイレは和樹の部屋の先にある。真ん中に洗面台を据えた脱衣所があり、左がトイレで右がバスルームだ。

用をすませて手を洗っていると、ドアが開く音がして、和樹が部屋から出てきた。

自室にいたのか、と憂鬱な気分になる。

「ひょっとして今日は兄に勉強を教えに来てくださったんですか」

にこやかな笑顔を見せながら歩み寄ってくる。

「和樹くん」

ここで和樹と話をすることになるとは予想外で、相手が相手だけに警戒心が頭を擡げる。うまく切り抜けられるかと、緊張してもいた。

カランを人差し指で押し下げ、水を止める。タオルは、自然な流れで、バーに縦長に畳んで掛けてある二枚のうち、左側のを使った。

一連の動作を和樹は目を眇めて見ていたが、何を思ったのか急に薄く微笑み、話を進めた。

「最近やっと兄も少しは真面目に勉強するようになったみたいで、家族全員雪でも降るんじゃないかと驚いてます。期末試験の成績も過去最高によかったようで」

相変わらず上から目線で言い方が嫌味ったらしい。ムッとしたが、今は藤木として素知らぬ顔で相手をする。

「勉強のコツが摑めてきたんだろうね」

「山で事故に遭ったとき頭でも打ったのかも、って両親も言ってます」

和樹は悪気のなさそうな顔でさらっと毒を吐く。こっちの言葉は右から左に素通りで、拾いもせずに話を進める。人の話など端（はな）から聞く気がないようだ。

「以前は毎晩遅くまで遊び歩いて、朝寝坊、遅刻は日常茶飯事。授業は年間三分の一近く欠席し、補習も受けない。中学のときから母は何度も学校に呼ばれていて、大迷惑だと怒っていました。それが、事故以来、人が違ったように変わったんですよ」

「どのへんが？」

慌てずに、平静を保って、和樹がどこまで疑惑を生じさせているのか探りを入れる。

「まず夜出歩かなくなりました。今まで一緒に遊んでいた派手で頭の悪そうな人たちとは切れたんですかね」

「それは受験勉強が本格化してきたからだと思うが」

「でしょうね」

和樹の受け答えの仕方は高慢で、他人を馬鹿にしている感がありありだ。

「本人もやたら部屋で勉強しているっぽいんですよね。急に目覚めたみたいに。それまでは、大学もAO入試で受かったところに行けばいい、くらいの意識の低さだったのに。これって、ひょっとして、藤木さんの影響ですか？」

「俺だけ、ってわけではないんじゃないかな」

言葉を選びながら慎重に返事をする。迂闊なことを言えば、自分達の秘密に気づかれるかもしれない。内心、冷や汗を掻いていた。

「ああ、そういえば。藤木さんは成績が落ちたんだそうですね」

今日会ったのが二回目にもかかわらず、和樹は兄の友人相手に失礼千万な口を利く。他校の、それも高校の情報をいったいどうやって手に入れるのか、そこにも驚いた。実の弟ながら、どこまで信頼していいかわからず、うっかり口を滑らせることもできない。

「やっぱり、事故のショックが尾を引いているんでしょうか。うちの別荘に行かれたことが原因であんな事故が起きたかと思うと、本当に申し訳なくて……」

和樹は上目遣いに顔色を窺うようにしながら、さも心配しているふうに言う。

「別荘に行ったことと事故は全く関係ないよ」

あくまでも藤木らしく、穏やかに、だが、きっぱりと否定する。

「でも、俺のことまで気にしてくれて、ありがとう」

若宮なら、ここでありがとうなどという言葉は浮かびもしないが、藤木は牽制を兼ねて言う気がする。そう思ったら、するっと口が動いた。

一瞬気色ばみかけた和樹の表情が、すっと元に戻る。

「……いえ。藤木さんは、兄の唯一……いえ、一番のお友達みたいですから」

最後まで悪意の滲む発言をして、どうも、と一礼して部屋に戻る。

手洗いに用があったんじゃないのか、と呆れた。物音を聞きつけ、ドアの隙間から覗いたら洗面台に立っているのが藤木だったので、探りを入れに近づいてきたらしい。

「遅かったな」

部屋でコーヒーを淹れながら待っていた藤木が若宮の顔で心配する。何かあったのか、と眼差しで問われていた。

最初、和樹のことは黙っていようかと考えた。和樹との会話は思い出すと気分が悪くなることばかりだったので、話す気になれなかった。だが、廊下の声が全然聞こえなかったとは考えにくく、なぜ言わないのかとかえって勘繰られそうで、隠すのはやめた。

「なんでもない。和樹が部屋から出てきたから、少し世間話していただけだ」

当たり障りない言い方をする。

「そうか」

藤木はそれ以上聞いてこなかったが、あまり納得したようには見えなかった。なんとなく気まずい。

「コーヒー、いい匂いだな」

話題を変えて、気持ちを切り替える。

飲むか、と聞かれて、一も二もなく頷いた。

＊

『今日はお疲れ』

藤木からトークアプリでメッセージが来る。

風呂上がりにダイニングでカップアイスを食べていた若宮は、スプーンを口に咥(くわ)えたまま、『おつかれさま』のスタンプを返す。

ふと視線を感じて顔を上げると、リビングで洗濯物を畳んでいた母親が、珍しそうな顔つきでこっちを見ている。

「なに？」

「ううん、なんでもないわよ」

母親は面白いものを見たという目をしていて、なんでもなくはなさそうだった。

「気になる」

「ごめんごめん。大したことじゃないの。将(しょう)もそういうことするんだな、と思って」

「そういうこと？」

トークでのやりとりのことを言っているのかと思いきや、スプーンを口に咥えてスマートフォンを弄(いじ)っていたことだった。

しまった、と思う。うっかり行儀の悪い若宮の癖が出てしまった。咄嗟(とっさ)に言い訳を考えつけず焦る。そこに再び藤木からトークが来て、プッという電子音がする。

「さっきからやりとりしてるの、秋津くん？」

おかげで話が逸れた。

「いや、これは若宮」

「若宮くんのほうだったの。若宮くんお元気？　今度よかったらうちに連れてきたら」

「誘ってみる」

一度藤木を呼んで、母親と会わせようと思っていた。藤木のほうからは言い出さないが、これだけ仲のいい親子なのだから、会いたくないわけがない。たぶん、遠慮して言わないだけではないかとずっと気になっていた。

画面を見て、新しくきた藤木からのメッセージを読む。

『部屋にある本、読んでもいいか。実は俺も買ったやつなんだが、そっちに置いているから自分のは読めない』

なんだ、そんなことか。いちいち了解とる必要ないって言ってるのに、律儀なやつだ。でも藤木らしい、と笑いを嚙み殺しつつ両手で返事を打つ。

母親に手元を見られていたが、今度は気にならなかった。

『いいよ。ってか、同じ本買ってたのか、俺たち』

どれのことだろう。ここ最近、何か買っただろうか……と記憶を探っていると、早速返事がきた。

「えっっ！」

タイトルだけが書かれていたのだが、その本が若宮の書棚にある理由を思い出し、一気に青ざめる。そうだった。すっかり忘れていた！

猛烈に気まずくなって、しばらく指が動かなかった。

その本は、藤木が図書館報に寄せたエッセイを読んで購入したものだ。一年生の秋、藤木を弓道場で見た少し後くらいだった。もらったまま放置していた図書館報を処分しようとして手に取ったとき偶然気づき、これを書いたの、この前のやつだ、と興味が湧いた。その結果、文中で勧められていた本を買いまでしてしまったのだ。

そりゃあ同じ本を持ってるはずだ。おまえに買わされたみたいなもんなんだから。

ああ、それか、の一言ですませてもよかったのだが、取り繕いたい気持ちが先に立った。

『それかなり前に出た本だぜ』

『ああ。二年近く前の本だ。すごく好きな本で、図書委員だったとき、頼まれて寄稿したエッセイでこの本を紹介した。若宮の本棚にもあるのを見つけて、読み返したくなった』

ゲッ、とさらに狼狽える。覚えてやがる。

というか、藤木は薄々勘づいていて、反応を見るためにわざとこの本のことを言ってきたのではないかと邪推した。

だが、ここですんなり、実は、と白状できるほど若宮は素直ではない。

『好きに読めよ。俺もおまえの本棚漁(あさ)っていいか』

『漁るのか』

後に珍しく笑いのマーク付き。藤木もずいぶん遊び心のあるトークを送ってくるようになった。スタンプを選ぶのにもだいぶ慣れてきた感じだ。

『いいけど、中にはエグイのや、重すぎて落ち込むような内容のもあるから、気をつけろ』

『エロいのもあるか?』

『さぁ。探してみたら』

否定しないんだ、とちょっと意外だった。よぉし、探してやる、と色めき立つ。

『若宮は写真撮影も趣味なのか。写真立てに風景や花を撮った写真が飾られているが、これは若宮が撮ったやつなんだろう』

少し間を開けて、藤木からまた新しい話題を振られる。

『ああ、そう、そうだけど、趣味ってほどじゃない。いいなと思う被写体があったらスマホで適当に撮るだけ。ただの記録みたいなもん』

『そうか。じゃあ、スマホ落としたの残念だったな』

『まぁな。気に入ったやつはその写真立てのみたいにプリントアウトしてた時期もあったけど、大部分は撮りっぱなしでデータ整理もバックアップもしてなかったから』

『元に戻れたら、俺が預かってる新しいスマホでまた撮り溜めろよ。カメラの性能めちゃくちゃいいやつみたいだから。秘書の方に渡されたやつで、俺が選んだんじゃないが』

『そうだなぁ』

その後また間が空いたので、さっき母親に言われたことを言おうかと思い、『ところでさ。おまえの母さんが、今度』というところまで入力したとき、藤木から『じゃあまた』のスタンプが来た。

迷った末に文章を消して、『おう』のスタンプを返す。

こういうことは、トークではなく、直接会って話すほうがいいと考え直した。

トークが最も使用頻度の高いコミュニケーションツールとして定着してからは、スマートフォンに電話がかかってくることはめったになくなっていた。

だから、夜中にいきなり着信があったとき、いい予感は全くしなかった。

当然、藤木宛にかかってきているわけだが、連絡先に登録されていない番号らしく、誰からかはわからない。出たとしても、うまく話せるとは到底思えない。自分が本物の藤木ではないとバレてもまずいので、迂闊に出られなかった。

普通なら無視するところだが、妙に気になって、しばらく着信番号を見続けた。なんとなくこの番号に覚えがあるような、ないような。迷った末に、意を決して通話ボタンをタップした。

もしかしたらクラスメートの誰かかもしれない。それなら声を聞けばわかるだろう。

「はい。どなたですか」

警戒した声で問うと、電話の向こうで、ほくそ笑むような嫌な感じの笑いが混ざった吐息を聞かされた。

『こんばんは、藤木さん。和樹です。若宮怜一の弟の』

それを聞いた途端、相手が誰だか察しがつく。

ザッと全身に鳥肌が立つ。

『昼間は少しでしたけどお話しできてよかったです』

「ああ……。それより、俺の番号、どこで?」

どう考えても藤木が教えたとは思えない。藤木は勝手にそんな軽率なことはしない。それは断言してもよかった。ましてや、弟との確執や、性格のヤバさは話してある。

『兄さんが風呂に入ってる間に携帯を盗み見しました』

悪びれたふうもなく、面白そうに笑って言ったかとおもえば、『……ということにしておくのはどうですか』とはぐらかす。何も信じられなかったが、本当のことを教える気がないことはわかった。そして、盗み見て知ったというのは、可能性としてはなしではなかった。なしではないどころか、一番ありそうだ。

「それで、用件は?」

番号のことはひとまず置いておき、本題に入る。和樹と無駄話するつもりはなかった。

『兄さんと藤木さんのことで、重要な話があるんです』

まさか、と今度は冷や水を浴びせられた心地になる。

『明日、柳澤総合病院近くの緑地公園に来てください。そうですね、時間は朝の九時でどうですか。暑くなる前がいいでしょう』

おそらく和樹は若宮を一度見舞いに来たとき、目と鼻の先に公園があるのを知って、立ち寄りでもしたのだろう。

『公園の一角にモニュメントがあって、近くに大木が数本植えられています。そこの木陰のベンチが秘密の話をするのにちょうどよさげでしたので、そこで』

「この話、若宮は知っているのか」

念のために聞く。番号を盗み見たというのが本当なら、藤木だけにこっそり話すつもりだろうから答えは予想できていたが、いちおう確かめておきたかった。

『いいえ。兄には内緒でお願いします』

嫌な予感しかしないが、行かなければ何をされるかわからない怖さのほうが強くて、断る気になれなかった。

「わかった」

行って、和樹と対峙するしかない。

話が決まると、通話はすぐに切れた。

それでもしばらくは、指が固まったように強張(こわば)っていて、スマートフォンを持ったまま黒くなった画面を凝視し続けていた。

＊

約束の時間に公園に行った。

先に来ていた和樹が、こちらの姿を認めるなりベンチから立ち上がって手を振ってくる。

なんだかはしゃいでいるようにすら見えて、いっそう足取りが重くなる。

いったい何を言われるのか、恐ろしくて考えたくもなかった。半ば思考停止状態で満員バスに揺られてきた。病院を通る路線なので、いつ乗っても混雑しているらしい。

「時間通りですね。さすがは藤木さん。兄とは月とスッポンだ」

「手短に重要な話とやらだけ聞きたい」

最初にピシャリと言っておく。

「ええ。僕もそのほうが助かります。この後、塾なので」

和樹はしゃらっとして返す。何を言われようと応えない、厚かましいメンタルだ。どうしたらこういう性格になるのか、自分とは悪さの質が違いすぎていて理解し難い。

「立ったままでは話しにくいので、座ってください」

ベンチの隣を手で示され、やむなく従う。

「実は僕、兄のことが心配で仕方ないんです」

のっけから和樹は意図の見えない話をしだした。

「うちの兄、綺麗でしょう。姉も妬くくらいスカウトが多くて、いずれ怪しい人間に引っかかって、利用されて、酷い目に遭わされるんじゃないかと心配なんですよ」

「……よくわからないが、俺にではなく本人に言ってやればいいのでは？」

「ええっ。いやだなぁ、藤木さん」

和樹はわざとらしく目を丸くしてみせ、乾いた笑いを浮かべたかと思うと、次の瞬間ガラッと表情を変え、邪さと歪さが滲み出た顔になった。

ギャップがありすぎて背筋がゾワゾワする。普段は学校でも家でも気立てのいい優等生で通っており、純真で天使みたいに可愛い子だとたぶん皆信じている。だが、一皮剝くと、計算高く傲岸不遜で自己愛の塊のような本性が剝き出しになる。前から知ってはいたが、ここまであからさまに仮面をかなぐり捨てるところを見たのは初めてだ。見たくないものを見せられた不快感に虫唾が走る。

「遠回しに言ってもわかりませんか？　僕が言いたいのは、あなたが兄を利用して、何か企んでいるんじゃないかと心配だ、ってことですよ」

「利用？　企み？　なんのことかさっぱりだ」

こいつ頭大丈夫か、といよいよ薄気味悪くなってきた。日本語を喋（しゃべ）っているのに通じ合っていない感じの気色悪さがある。

「藤木さん。兄の癖を知っています？」

いきなり話が飛んだ。

問いの形にはしたものの、答えは最初から求めていなかったようで、すぐに話を続ける。

「昨日、お話ししたとき気づいたんです。藤木さん、手を洗っていたでしょう。水を止めるときレバー式のカランを人差し指でグイッと押し下げましたよね。あれ、兄の癖なんですよ」

言われてハッとする。

確かにそうだ。俺の癖だ。習慣になっているので無意識にやったかもしれない。和樹がいきなり部屋から出てきて、気もそぞろになっていたため、よく覚えていない。

「それに、ものすごく慣れた感じで兄のタオルを使いましたよね？」

「あれは……若宮に聞いていたからだ」

どうにか一矢報いたが、和樹は納得した様子もなかった。

「あらかじめ聞いていた、ってだけの動きには見えませんでしたけど」

ねちっこい口調で食い下がる。

だが、こっちも認めるわけにはいかない。

「埒が明かない言い合いをしても仕方がないから、それはいったん置いておくとして、だったらどうだと言うんだ。この話と、俺が若宮を利用して何かしようとしているという話がどう繋がるのか、そこを聞きたい」

こうなったら穏やかに聞いているだけではいられず、徹底抗戦する構えを取った。

「あの兄は、本当に若宮怜一なんですか？」

和樹に狡猾さと疑惑に満ちた目でひたと見据えられ、心臓が凍りそうになる。馬鹿なことを、と笑い飛ばせばいい。頭ではそう考えられても、核心を突かれて動転していて、言葉が出てこない。入れ替わりを見抜かれているとまでは思わないが、何かが違う、何かおかしい、と勘づき、徹底して調べ上げて、あわよくば若宮の弱みを握ろうという腹だろうと推察した。和樹は若宮を、憎んでいると言っても過言でないほど毛嫌いしている。目の上のたんこぶで、隙あらば勘当されればいいと本気で思っているのが日頃の言動から伝わってくる。なんでもいいから、足元を掬える材料が欲しいのだ。

「兄とあなたの間には何か秘密があるんじゃないですか」

和樹が畳み掛けてくる。

「お互いに交換条件を出して、望みを叶え合っている。人に知られたらまずいやり方で。そうじゃないんですか」

次第に詰問する口調になっていく。

なるほど、そういう思考回路か。若宮を利用して何か企んでいる、と言っていた意味がようやく理解できた。本当の目的は、やはり藤木ではなく若宮なのだ。

「ねぇ、藤木さん」

ずいと和樹が腰をずらして藤木の方に寄ってくる。

ふわっと甘い香りがする。香水というよりハーブっぽさを感じる匂いだ。どこかで嗅いだことがある気がして記憶が疼く。だが、少し考えただけでは、いつのことだったか、誰といたときだったのか思い出せなかった。

「教えてよ、二人の秘密」

耳元に顔を寄せてきて、ねっとりと囁かれる。口調まで変えてきた。

「昨日、部屋で本当は何してたの。勉強？　それって大人の遊びのこと？」

「馬鹿なことを言うな」

頸に鳥肌が立ち、座ったまま後ずさる。しかし、すぐにまた向こうから距離を詰められた。仕切りのないベンチが疎ましい。

「あれ、もしかして、寝てないの？　意外だなぁ」

「す、するわけないだろう、そんなこと」

思いもよらないことを言われ、心外すぎて声がひっくり返りそうになる。

「なぁんだ、つまらない。藤木さんってこんないい体してるのに奥手なんだね。ストイックってことなのかな。もったいない」

「俺がしたいのは、そんな話じゃない」

「だったら早く教えてよ。あいつの弱み」

あいつ、ととことん蔑んだ口調で言われ、カッと頭に血が昇る。

おまえ、実は面と向かって本人に言ってるんだぞ、と怒鳴りつけたくなる。言っても信じるわけがなく、頭がおかしくなったのかと笑い飛ばされるだけなのが容易に想像されるから堪えているが、理性のタガが外れたら摑みかかって殴ってしまいそうだ。そうなったら、こいつは鬼の首を取ったようにしてやったりと、今度は藤木を脅しにかかるに違いない。

「言わないの？　じゃあ、僕が言うね。想像だけど」

和樹は前置きして得意げに自論を展開しだす。

「このあいだ結果が出た期末試験、あれ、兄と藤木さん、交換受験したんじゃないの？」

「……どうやってだ」

まさにその通りだったので、声の震えを抑えるのに苦労した。どうにか平静を装い、低く唸るような声を出すことでごまかせたと思うが、内心冷や汗が噴き出していた。

「試験監督の教師を買収。その上で、答案に記入する氏名を相手のにする」

和樹はスラスラと答える。ずっと疑っており、どうしたら交換受験が成り立つか考えていたらしい。よほど怜一の成績が上がったのが気に食わなかったようだ。和樹が思っているのとは違うが、実際、交換受験だったのは間違いなく、次に何を言われるのかと兢々とする。

「あいつ、若宮家の人間とは認められていない最低最悪の落ちこぼれなんだよ。父さんもさっさと縁を切ればいいのに、世間体があるから、クズだのできそこないだの言いながら湯水のように小遣い渡して甘やかしてる。僕は誰も知らないところで血の滲むような努力をしているのに、皆、そのくらいできて当たり前って顔をする。もちろん可愛がってもらってるけど、僕とあいつが同じ待遇ってのがそもそも間違ってるんだ。同じどころか、あいつのほうがいい目を見てる。別荘の鍵だって、僕や姉さんには合鍵すらくれないのに、あいつにはいつでも好きに使えって渡したままでいる。おかしいよね？」

喋っているうちにだんだん怒りが増してきたのか、最後は叫ぶように荒々しい調子で、いっきに捲し立てる。

正直、意外すぎて頭が回っていなかった。

和樹がそんなふうに思っていたとは驚きだ。

いつも飄然としているので、陰で必死に努力して優秀な成績をキープしていたとは気づかなかった。塾でもトップクラスの出来だと自慢し、勉強なんか授業を真面目に受けていれば誰でもいい成績が取れるのに、世の中は馬鹿ばかりだと自分以下の人間を蔑視していたから、こいつは生まれつき頭の出来が違うんだと思っていた。

なんとなく、憎まれるわけがわかった気がする。理解も許容もできないが、そういう感情を持つに至った背景は呑み込めた。

「中学、高校と公立で遊び呆けていた落ちこぼれのクズが、いよいよ成績上げとかないと大学進学が危ぶまれだしたものだから、卑怯な手段に走ったんだ。そこで白羽の矢が立ったのがあなた。指折りの秀才で、同じクラス、なにより、母子家庭でお金で言うことを聞かせやすい」

思わず手が出ていた。

パーンと乾いた音が真夏の公園に響く。

殴った若宮自身が平手打ちの音と手の痛さに呆然とする。

周囲に人は結構いるが、幸い誰もこちらに注意を払っておらず、気づいた者がいた様子はなかった。

「はっ！　やっぱりね。図星なんだ」

赤くなった頬を手で押さえもせずに、和樹が嬉々として決めつける。鬼の首を取ったような喜びようだ。叩かれても、毛ほどのショックも受けたふうでない。ショックどころか、また一つ自分に有利な脅しの材料を手に入れた、くらいの感覚らしい。

「あんた、あいつと本当は懇ろなんだろ」

さすが名門校の優等生、難しい言葉をよく知っている。少しずつ落ち着きを取り戻してきた頭で、そんなところに感心する。

「六時に清瀬さんが帰ったあと、こっそりうちに上がり込んで、二階であいつにいやらしいことしてるんじゃないの？　だからタオルのこともよく知ってるし、兄の癖をいつの間にか真似るようになったんじゃない？」

「理には適っているが、あいにく、違う」

和樹を殴ったときの激昂は鎮まり、霧が晴れたように頭がクリアになる。その状態で冷静に言葉を発していた。

「俺自身と、若宮の名誉のために断言する。俺と若宮はそんな関係じゃない。確かに綺麗だとは思うが、俺はそっちの趣味はない。一緒に事故に遭うまでは正直仲もよくはなかった」

藤木の気持ちを想像し、藤木に成りきって言う。自分を綺麗だと言うときには気恥ずかしさを感じて声が心持ちトーンダウンしたが、それ以外は藤木も納得するだろう。

「じゃあ、なんであいつは成績上がって、あんたは落ちたわけ？」

和樹は負けずに突っ込んでくる。

「俺は……単純に勉強不足だ。若宮は逆に頑張っていた。それだけの話だ」

そうとしか言いようがなく、我ながら苦しいと思いつつ押し通す。

「ふうん。あくまでもそういうことにするつもりなんだ」

和樹は何か企んでいるような目をして、親指の爪をカリッと噛む。

今の話に納得した様子も、若宮の弱みを掴むことを諦めた様子もなかった。

しばらく不穏な沈黙が続く。

やがて、和樹はやおら立ち上がった。

「すみません、僕もう行かなきゃ」

座ったまま和樹の顔を見上げると、ふんわりとした邪気のない笑顔を浮かべていて、さっきまでとは印象が全然違う。別人と入れ替わったとしか思えない。こっちが普段見せている顔だ。色白で、柔らかな癖っ毛に縁取られた小顔が宗教画の天使を彷彿とさせる。

「また連絡しますね」

ぺこりとお辞儀して、にこやかに言い置いて歩き去っていく。

なんとかこの場は乗り越えられたようだ。まだ何も解決していないが、とりあえず緊張から解き放たれる。

ふうっ、と大きく息を吐き、そのままベンチに座ったままでいた。すぐには立ち上がる気力が出なかった。

「若宮」

目の前に人が立ち、声を掛けられる。

弾かれたように顔を上げると、どういうわけか、若宮の姿をした藤木がそこにいた。

「えっ。藤木、どうして……?」

「弟の様子がなんとなくおかしい気がして、後を尾けてきた」

藤木は真剣な眼差しでじっと見据えてくる。

　和樹はもう行ってしまったのか、大丈夫なのか。気になって周囲を見回す。狡猾なやつだから、行ったと見せかけて隠れているかもしれない。そのくらい慎重にならないと今はやばいと思い、警戒を解けなかった。

「大丈夫だ。公園を出たのを見届けた」

　藤木が請け合う。さすがだ。こいつはなんでもわかっている。藤木が来てくれたことで、いっそう気持ちが落ち着いた。

「そこの木の陰で、話はだいたい聞いた」

　背後の大木を視線で示され、えっ、と狼狽える。

「ぜ、全然気づかなかった」

「気づかれないように気配を消していたからな」

「聞いたって……だいたいって……」

　聞かれたら顔を合わせにくいような話も多々した気がする。みるみる顔が火照っていく。恥ずかしくて俯(うつむ)いた。

　さっきまで和樹が座っていた場所に、藤木が座る。

　トクンと心臓が胸板を打つ。

「若宮」

「な、なに……？」

「ありがとう」

心の籠った声で礼を言われ、ぐっと胸にきた。

熱い塊が胸底から迫り上がってきて、嗚咽を漏らしそうになる。

目頭が熱くなり、鼻の奥がジンジンして、気がつくと涙が溢れていた。

「……っ、ごめ、ごめん。……こんなの、おまえらしくない。おまえは俺なんかと違って強いから、きっと、こんなふうには泣かない……泣かないのにっ……」

「若宮」

肩を抱き寄せられ、細い腕で頭を抱いて、薄い胸板に顔を埋めさせられる。

逆ならよかった。本来の姿でなら、気兼ねなくここで泣けたのに。今ほど元に戻りたいと願ったことはない。

だが、そんな都合のいい奇跡は起きなかった。

「提案があるんだが」

藤木が躊躇いを払いのけるようにして言ってくる。

「ずっと迷っていたんだが、もう一度あの場所に行ってみないか」

「あの場所……って、ひょっとして、別荘のあるあそこのことか？」

重々しく藤木が頷く。

「トラウマになっているかもしれないから、言い出しにくかった。だが、俺たちがこうなった

きっかけはあそこでの事故だ。なら、あそこにまた二人で行けば、元に戻る可能性もあるんじゃないか。ずっと、そう考えていた」

話を聞いた途端、目の前に光が差した気がした。

藤木の言うことには一理ある。映画でも小説でも、最後の緒は始まりにあるパターンが結構あるではないか。少ない読書量で心許(こころもと)ないが、それとは関係なく、藤木の考えだと思うと信じようという気持ちになる。

「行こう。俺も行く。藤木と一緒なら怖くない」

迷いは一片たりともなかった。

涙の跡を拭おうと手の甲を頰に持っていきかけたら、横から藤木がハンカチを差し出してきた。見覚えのあるハンカチ、デジャビュを感じるシチュエーションにハッとする。

「これ……！」

「引き出しに仕舞ってあったのを見つけた」

「返そうと思って、忘れてたんだ」

「ああ。綺麗にアイロン掛けて畳んであった」

それをしたのは自分ではなく清瀬さんだが、ここで正直に言うのも無粋だと思い、黙っていることにした。それに、言わなくても藤木は察しているに違いない。

ハンカチで涙を拭くと、藤木と一緒にベンチを立った。

「藤木のお母さんにはなんて言う?」

　またあそこに行くと告げたら心配される気がして、藤木に伺いを立てる。

「正直に言ってくれ。母さんはきっと、気をつけて、と言うと思う」

「藤木のこと信頼してるんだな」

　藤木もそれを否定しない。いい親子関係だとしみじみ思った。

「うちは、一日や二日帰らなくても何も言わない。別荘の鍵は俺が持ってる。今日中に帰れなかったとしても、泊まる場所はある」

「俺が思うに、若宮は、一度親と腹を割って話してみるといい」

　藤木は穏やかな眼差しを向けてきて、ハードルの高いことを言う。

「考えとく」

　真っ向から嫌だと突っぱねるのは躊躇われ、とりあえずそう答えておいた。

7

夏休み中とあって特急列車の自由席は混雑していた。最寄駅が始発なので、早めに並んで待つことで座れたが、車両はあっという間に満席になった。

周囲はレジャーに向かう家族連れ等で賑やかだ。二人掛けのシートに藤木と座り、目的の駅まで二時間余り乗車する間、他人の耳を気にせずに話ができた。

「一ヶ月半前も皆でこれに乗ったんだよな。あの時は、まさかこんなことになるとは夢にも思わなかった」

時間はもっと早かったし、今日みたいに混んではいなかったが、行きの道程を思い出して複雑な気持ちになる。いつもの取り巻き連中三人と、よく一緒に遊ぶ女子二人、そこに飛び入りで参加した藤木を加えた七人で別荘に向かった。

前日は天気が崩れる気配もなく、皆でわいわい喋って、はしゃいで過ごしたが、皆それぞれに思惑を抱えていて、全員でハイキングを楽しもうという一致した気持ちでは最初からなかったのが、今はわかる。

「皆バラバラだったな。俺は溜まっていた鬱憤が晴らせたら、なんでもよかった。一人じゃつまらないから、一緒に来てくれるやつらがいるなら賑やかしになっていいと思ってた。うざいんだが、皆いなくなったら、それはそれで寂しいわけだ。て言うか、本音はやっぱり一人は嫌だったんだろうな……。ハイキングに限らず、学校帰りについてくる連中引き連れて遊んでいたのも同じ理由だ。本当は誰も俺のこと好きじゃないって知ってたけど」

　列車の揺れに身を任せつつ、横並びで藤木の顔を見ずに話せるのが気持ち的に楽で、我ながら今日はどうしたんだと思うほど素直に吐露していた。藤木はそれを、どういう風の吹き回しだなどと冷やかすことなく、聞いてくれていた。

「狭山と吾野と高野は俺といるとタダで遊べるから誘えばだいたい乗ってくる。狭山は俺と一年のときからだから纏め役気取りだ。ちゃっかりしていて小狡いけど、和樹なんかと比べたらいいやつの範疇だと思う。わかりやすいし。大泉のことが前から気になってたみたいだが、眼中にない扱いされてたから、ハイキングに一緒に行くことになって舞い上がってたな。大泉はあからさまにおまえ狙いだったけどさ」

　ちらっと横目で藤木を見る。

　藤木は大泉のことを持ち出されるとバツが悪そうに少し俯いた。夜、しばらく部屋にいなかったのは、大泉と会っていたからだろうと勘繰っているのだが、当たっている気しかしない。何があったか聞きたいが、今ではなく、頃合いを見計らってにしたほうがよさそうだった。

「吾野は狭山の幼馴染みで、一緒にうまい汁を吸うのが目的でついてくる感じ。高野は……こいつのことはよくわからない。狭山とか加治とかがよく使いっ走りにしてるが、無理にグループに連れてこられてるわけでもないみたいだし」

「一番裏表がなさそうなのが高野だという気がした」

ここで藤木が口を挟むとは思っていなかったので、ちょっと意外だった。

「若宮が好きなんだろう。憧れているというのか……心酔に近いくらいかもしれない」

「えっ。そこまでか？」

心酔は引く、と思ったのが声に出る。だが、的外れではない気がした。高野の態度や眼差しに重めの感情が入っているのを、ときどき感じることがあったので、つまりそれがそういうことか、と腑に落ちたのだ。藤木はよく見ていると感心する。

「じゃあ、入間と加治はどう思う？　二人ともハイキングには来てなかったけどさ」

ついでなので聞いてみる。藤木の目にどう映っているのか興味があった。

藤木は少し考えてから口を開く。

「入間とは話したことがないからわからない。加治は……」

そこで再び言い淀む。珍しく歯切れが悪いなと思った。

「……加治に関しては少し気になる話を耳にしたことがある」

「え、何？　こっちこそ気になるぜ。教えろよ。口外しないって約束するから」

肩を回して体ごと横を向くと、藤木もこちらに顔を向けてきた。いつにも増して表情が固い。

加治がどうしたと言うのか。全く心当たりがなく、なんのことか想像もつかなかった。

「西通り界隈を縄張りにしている半グレと付き合いがあって、危険ドラッグにも手を出しているらしいという噂だ」

「危険ドラッグ？」

まさか、と目を瞠る。

「半グレたちの溜まり場の一つに『ロータス』という店がある。カワゲンビルの地下にある紹介制の店で、そこに半グレたちと入っていく加治を見た者がいる」

「初耳だ。あいつそんなヤバいことしてるのか」

にわかには信じ難かったが、あらためて考えてみると、加治は単独行動をすることが多く、取り巻きの一人というより、ときどき混ざっているやつという印象で、一緒にいないときどこで何をしているのか聞いたことがない。正直、若宮は加治がいようといまいとどうでもよく、今まで気にしたこともなかった。べつに加治に対してだけではない。皆好きにすればいい、というスタンスで、誰にも興味がなかった。元々、いつの間にか若宮グループなどと言われるようになった緩い集まりで、誰がメンバーかなど知ったことか、だったのだ。

ハイキングの話になったときも「俺、用事があるんで」とすぐ不参加表明した。吾野が、「おまえ最近付き合い悪いなぁ。また野暮用かぁ？」と意味深に揶揄すると、フフンとまんざらでもなさそうに笑って、照れ隠しのように髪を掻き上げた。そのとき風向きのせいか、若宮の方にふわっと嗅ぎなれない甘い香りが微かに流れてきて、こいつ女がいるんだなと勝手に納得したのだ。思い出した。

——あれ？

今何かが引っ掛かったが、摑む前に擦り抜けていって、モヤッとする感覚だけが残った。ちょうど藤木が口を開くのとタイミングが重なり、そっちに気を取られたこともある。

「加治とはどういうきっかけで一緒に遊ぶようになったんだ？」

「きっかけも何も……俺、来るもの拒まずだからな。一年のとき同じクラスだったから顔は知ってたけど、何かと話し掛けてくるようになったのは二年になってからだ。あー、思い出した。夏休みに家の近くでバッタリ会ったんだ。きっかけと言えばあれがそうだな」

「家の近くで加治を見たことがあるのか」

「ああ。一回だけだが」

なんでわざわざ確かめるのかと訝しみつつ断言する。

藤木は眉を寄せ、表情を険しくしていた。

「なんだよ。それがどうかしたのか？」

胸がざわざわと不穏に騒ぎだす。嫌な予感がした。

同時に、先ほど脳裏を掠めた何か引っ掛かる感じがぶり返し、猛烈に気になった。

「おそらく間違いなさそうだな」

藤木が呟く。考え事をしている最中に、独り言が口をついて出た感じだった。

「だから、何がだ。教えろよ。俺にも関係あることなんだろ?」

今までのやりとりを思い返すとそう考えたほうがしっくりくる。だから言うのを渋っているのかと推測した。

ああ、と藤木は意を固めた顔つきで頷くと、すっと息を吸ってから話しだす。

「加治は、和樹と通じていると思う」

いきなり予想外の爆弾を落とされた気分で唖然としてしまう。

「はぁ?　何言ってるんだ。うちの近くにいたのは和樹と会っていたからだって言うのか。あいつら接点ないだろ」

「夏休みに入る一週間ほど前だったが、二階の洗面所にライターが置いてあるのを見つけた」

話が飛んで、はぐらかすつもりかと最初思ったが、藤木の真剣そのものの顔を見て、余計な口を挟むのをやめた。もう少し話を聞くことにする。

「洗面台の鏡の横の棚を開けたら、入浴剤やボディソープのストック品と一緒にあって、ちょっと場違いな感じだったので気になった。たぶん何かのついでにここに置いて、そのまま忘れたんだろう。シャワーを浴びにきて服を脱いだときポケットに入っていたことに気づき、一時的に置いたとか」

「まぁ、ありそうだな。で、そのライターが?」

「使い捨ての、店名が入った販促用のライターで、『ロータス』のロゴが印刷されていた」

ここにきて、藤木の言わんとするところが見えてきた。ここまで揃うと、加治が和樹か美樹のどちらかと関係がある可能性は高い。これだけ重なってなお偶然だと考えるほうが無理がある気がする。

「でも、それなら美樹のほうかもしれないぜ。年齢的にもそう考えるのが自然だ」

「俺もそう思って、たまたま帰宅していた本人に聞いた」

ライターを見た美樹は最初怪訝そうだったが、すぐに思い当たることがあった様子で「これ、どこにあったの？」と聞き返してきたそうだ。

「その反応を見て、自分のではないんだなと思った。目が泳いでいたし、その後急に言葉数が増えたからな」

ありがとう、探していたの。タバコ吸ってるの知られたくないから、ライターのこと誰にも言わないでよ。パパとママにはもちろんだけど、和樹にも絶対言っちゃ駄目だからね。そう言って藤木の手からライターをもぎ取るなり自室に引き揚げたという。

「藤木はこのことをどう推理するんだ？」

「ライターは美樹のものではない、だが、彼女はそれが誰のものかは知っている、そう仮定すると、若宮たちきょうだいの微妙な関係性にも、説明がつく気がする」

えっ、どんな、と思わず身を乗り出す。

「最初に断っておくが、これから話すことのほとんどは俺の想像だ。そのつもりで聞いてほしい。言いにくいこともこの際だから言わせてもらうが、いいか」

藤木に前置きされて、「ああ」とはっきり頷く。どんな醜悪な事実が出てこようと、聞かずにはいられなかった。

「ライターが和樹のものだとすれば、和樹は『ロータス』に行ったことがあるか、もしくは加治と知り合いで、加治からもらったかだ。和樹は裏で何をしているかしれないところがあるから、どこかで半グレと知り合って溜まり場に遊びに行くようになったとしても、その可能性はなしじゃない。そして『ロータス』では危険ドラッグの密売が行われている噂がある。そこで扱っているのは、脱法ハーブの一種らしい。乾燥させた植物に、麻薬に近い成分の化学物質を混ぜたものだ」

「ハーブ？　ちょっと待て。それって……ふわっとした甘めの匂いがしたりするのか？」

わかった。引っ掛かりの正体！

思わず飛び上がりそうになる。

「いや、俺にはなんともだ。吸わずにアロマとして使うものもあると聞くから、そういう匂いがするものがあっても不思議はない気はする」

「あいつら、知り合いだ。和樹と加治。おそらく二人とも脱法ハーブやってる。たった今気がついたんだが、確かに同じ匂いをさせてた。全然関係なくそれぞれと会って、なんか引っ掛かるなと思ってた。おまえの話を聞いて、やっと記憶が繋がったよ」

言っているうちにさらに次々と、そういうわけだったのか、だからか、と腑に落ちることが出てきて興奮状態になっていた。ピースが嵌まっていくように、今まで見えていなかった絵面が見えだした。

「あいつ、俺のことにやたらと詳しいんだ。俺が学校でどうしているとか、どこらへんで遊んでいるかとか、どこからそんな話が耳に入るんだと首傾げたことが何度もあった。うちの学校にスパイでもいるのかって一度冗談で言ってやったこともあるんだが、本当にそれだったんだな。加治からいろいろ聞いていたなら不思議ない」

おそらく二人はそういう仲なのだろう。公園のベンチで和樹に変なことを言われたとき、こいつもうとっくにそっちの経験あるな、と確信した。

「あいつの性格からして、加治も利用しているだけって気がする。最初に和樹にドラッグを教えたのは加治かもしれないが、その後の主導権は和樹が握っていたんじゃないかな。はっきり言って加治は和樹が好きになるタイプじゃない。あいつは聖稜以外の人間をクズ扱いするし、自分の容姿にものすごく自信を持っている。やってたとしても、恋愛感情がらみじゃなかったと思う。自分で『ロータス』に出入りするのはやばすぎるから、加治を手懐けておく必要があったんだろう。ついでに俺の動向も知れるし」

「俺が言おうとしていたのも、それだ」

藤木が少しだけ張り詰めていた気持ちが軽くなったような顔で言う。二人が同じことを考えたのなら、大筋は間違っていないと思われた。

「もう一つ。美樹は和樹がドラッグをやっていると知り、和樹に圧を掛けているのではないかと想像している。和樹が美樹には愛想がよくて、下手(したて)に出ているのは、弱みを握られているからだという気がする。親にバラされたら身の破滅だと恐れているんじゃないか」

「ああ！　そうだ。そっちならわかる」

ポンと手のひらに拳を打っていた。

美樹もいちおう聖稜には行っていたが、中学に入学したときは合格ラインギリギリで、その後もよくて平均程度の低空飛行ぶりだったようだ。今通っている名門女子大のＡＯ推薦枠が取れたのは、親の力に高校側が忖度したのだと思っている。元々勉強嫌いで、興味があるのはファッションと遊びだけ。派手好きの怠け者という点は怜一と似た者同士なのに、和樹はなぜ美樹には寛容なのか疑問だった。男女の違い？　あいつそんな甘い人間か？　と腑に落ちなくて気持ち悪かったのだ。

「俺だけ爪弾(つまはじ)きにするために美樹とはタッグを組んでいるのかと思っていたが、あいつ嫌いなものはとことん嫌う性格で、どう考えても美樹とは合いそうにないんだ。それを押して仲良くしてまで俺を若宮家から外したいのかよ、執念深すぎだろって引いてた。でも、そういうことなら納得できる」

和樹と加治がどこでどうやって知り合ったのかはわからないが、今まで違和感や蟠りを覚えていたことがおおむねすっきりした。

話しているうちに、降りる駅が近づいてきていた。

「若宮。和樹のことは俺に任せてくれないか」

藤木が意志の強さを感じさせる目をして言った。

「任せる。俺より藤木のほうがうまく収められると思う」

「二度とおまえを傷つけないよう、本人に約束させる」

藤木がきっぱりとそう言ってくれたことにも驚いたが、なにより意外で狼狽えそうになったのは、初めて藤木に「おまえ」と呼ばれたことだった。

べつに大したことではない、特別な意味などないと承知していても、胸が騒ぐ。

顔も赤くなってきた気がして、車窓の方を向いて藤木に見られないようにした。

*

別荘に着いたのは午後三時過ぎだった。

鍵を開けて入ると、室内は管理人によって綺麗に片付けられており、一ヶ月半前に皆でバーベキューをしたり寝泊まりした痕跡は跡形もない。

例年、夏休み期間中は、いつ誰が訪れてもいいように冷蔵庫は稼働させたままにしてあり、食糧をストックしておく棚には缶詰やレトルト食品などの長期保存が利く品が豊富に用意されている。

「お腹空(す)いたな。食事どうする?」

ローカル線の田舎駅からバスに乗ってここに来る途中、郊外型のスーパーマーケットがあったので、そこで肉や野菜などの生鮮食品を買ってきた。

「二人でバーベキューするか?」

それも悪くないと思ったが、つい藤木を揶揄(からか)いたくなって余計なことを言ってしまった。

「今日は甲斐甲斐(かいがい)しく肉焼いて皿に載せてくれる美女いないけどさ」

大泉のことが頭に浮かび、夜何があったか聞きそびれたままだったのを思い出して、そちらに話を持っていきたい下心があったのだ。

藤木はツッと眉間に皺(しわ)を寄せ、悪ふざけを咎(とが)めるような眼差しで、じっと見つめてくる。自分の顔で睨(にら)まれても、脳内ではしっかり藤木に変わっていた。

「若宮は、大泉と付き合いたいのか」

予想外の方向に話を持っていかれ唖然とする。

「んなわけあるかよっ。興味ないに決まってるだろ」

動揺して声が大きくなった。

藤木は黙って聞いている。落ち着き払った態度がやたらと大人っぽく感じられて、話の内容が内容だけに、妙にドキドキした。

「大泉、めっちゃわかりやすく藤木狙いだったじゃないか。あの晩、二人で外にでも行ってたんじゃないのか？　俺と高野が寝たの見計らって部屋出たの知ってるぜ」

焦った勢いでそこまで言ってしまった。

「起きてたのか」

藤木は軽く目を見開いたが、べつにバツが悪そうな感じではない。隠さなければいけないことは何もなかった、と顔に書いてある。

「大泉に告白されたんだろ？」

「ああ、まぁ、そんな感じだった」

「で、振ったのか。翌朝から大泉おかしかったもんな。明らかに何かあったって態度だった。その後もずっと藤木を避けてたし」

「付き合えないとはっきり断っただけだ」

だけって、おまえ、と苦笑いしながら、すっとした気分だった。我ながら人が悪いと思うが、あまりいい印象を持っていない大泉を、藤木が取り付く島もなく振ったと聞くと、自分には全く関係ないことなのに、してやったりという気持ちになる。

「なんで断ったんだ？　あー、でも俺ちょっとわかるかも」

「何がだ」

わかるかもと言った途端、それまで平静そのものだった藤木に動じる様子が見られた。

「いや、変な意味じゃないんだが、おまえの母さん、すごくいいから、おまえもあれが理想になるのかなと思っただけだ。俺、母親と姉が身近な女性で、ずっと女嫌いだった。だけど藤木のお母さんと一緒に暮らしてる間に、年齢関係なくこんな可愛い人もいるんだな、と目から鱗だったんだよ。あ、ほんと、変な意味じゃないからな！」

「ああ、そういうことか」

話を聞いた藤木は、思っていたのと違っていたらしく、ホッとしたようだ。

「若宮がそこまでうちの母親を気に入ってくれたのは純粋に嬉しい。もちろん邪推はしない。ついでに言うと、俺も母のことは好きだが、だから女性を見る目が厳しいとか、選り好みしているとかじゃない」

「好きな人、いるのか？」

今なら話の流れでさらっと聞ける雰囲気だったので、好奇心を抑えられなかった。

「まぁ……いないこともない」

「うわっ、マジ？　新聞部の部長が聞いたら飛びつくネタだな。あ、いや、もちろん言わない。ここだけの話だ。な、どんな子？　名前は聞かないでおくから、それだけ教えろよ」

「どうしてだ。どうしてそんなことが聞きたいんだ。秋津にも言ったことないのに」

藤木が嫌そうな顔をする。あまりしつこくすると、機嫌を悪くさせそうだったので、いったん引くことにした。いい加減腹もぎゅるぎゅると鳴っていた。

「わかった。こういう話は今じゃなく、もっと暗くなってからのほうがいいよな。先に飯にしようぜ」

「言っておくが、俺からこれ以上聞き出したいなら、当然俺もおまえのことを聞くぞ」

「……い、いいぜ、べつに。俺、好きなやついないから話すことないけど」

「いないのか」

藤木は心持ち残念そうだった。こいつも案外俗っぽいところがあるんだなと思う。恋バナにも俺のことにも関心ないのかと思っていた。

二人でバーベキューをするのは、準備と後片付けが大変だという点で却下になった。

代わりに藤木がキッチンで、鶏肉(とりにく)を甘辛く焼いた東南アジア風だという肉料理を作ってくれた。それとカプレーゼ、粉を溶かしたインスタントスープ、軽く焼き色をつけたバゲットが、ウッドデッキに出したテーブルに並ぶ。

街中とは数度気温が違う山の中で、外の空気を感じながら食べる食事は美味(おい)しかった。

「おまえ料理もできるんだな」

「簡単なものだけだ」

「これサッと作れてそんな発言するのは嫌味ったらしいんだよ。だから俺おまえが苦手だったんだ。秋津と一緒に歩いてるのを見掛けるたび、劣等感を刺激されて……そうだな、たぶん、つらかったんだろうな」

だから反発した。悪態をついて、ほっとけ、と怒鳴らずにはいられなかった。みっともないの上塗りだったんだなと、思い返すと恥ずかしい。

「すごく個人的な話をすれば、着崩した制服も、ピアスも、若宮らしくて嫌いじゃない」

「な、なんだよ……いきなり」

「いきなりというわけじゃないが、こんなこと、言う機会もそうそうないだろうから、今言っておくことにした」

藤木はそう言って、若宮の姿で髪を耳に掛けるしぐさをする。

キラッ、と耳朶に着けた一粒ダイヤのピアスが日の光を受けて輝く。一ヶ月半伸ばしっぱなしの髪のせいで普段は隠れて見えないが、藤木はずっと着けていたらしい。

「制服は普通に着てたから、ピアスもしてないかと思ってた」

「いや、あれでも俺なりに頑張って着崩していたつもりなんだが」

藤木は気まずそうに言う。

「えー……まぁ、確かに、きっちり襟を正して着てるって感じでもなかったけど。若宮、事故の後すっかりおとなしくなった、勉強もするようになった、って囁かれてたぜ。親にお灸を据えられていよいよ後がなくなったんだろう、って憶測も流れてたな。俺を取り巻いてた連中もあれを機によそよそしくなって、つるんでる感なかったし」

「着崩すにもセンスがいるんだな。若宮は、こういうことが好きなのなら、デザイン系の勉強ができる場所を進路に選ぶといいのかもしれない」

藤木は親身になって真面目な話をしているのがわかる。藤木の口からこんなふうに言われるとは思っていなくて、嬉しさと戸惑いがごっちゃになる。

「……俺のこと、嫌いなんじゃなかったのか?」

恥ずかし紛れに皮肉っぽく言うと、藤木は困ったような顔をした。

「そう思われても仕方ないが、俺は若宮を嫌ったことは一度もない。若宮こそ、俺が嫌いだったんだろう?」

「嫌いっていうか、口うるさくて、面倒臭ぇって思ってた。他にも校則破っているやつはいっぱいいるのに、なんでこいつ俺ばっかり目の敵にするんだって腹が立ってたし。でも、入れ替わってみて、前よりは藤木を理解できた気がする。今は、こうやって二人で喋っていても全然嫌じゃない。退屈する暇もないし、なんなら、黙って座ってるだけでも気まずくない。不思議だよな」

「だが、俺が一年のとき図書館報に書いたエッセイは、読んでくれていたみたいだな」

うわっ、このタイミングでそこ攻めてくるのか、容赦ないな、と冷や汗が出る。一難去ってまた一難だ。

ごまかすこともできなくはなかったが、もういいやと開き直った。場の雰囲気が、腹を割って洗いざらい話してしまえ、と若宮に意を決めさせた。

「興味が湧いたんだよ。おまえが勧めてたからとかじゃなく、あのエッセイが、こう、ストンと胸に落ちたって言うか。あるだろ、そういうこと」

プイとそっぽを向いて認める。恥ずかしくて藤木の顔は見られなかった。トークでやりとりしていたとき、うまくやりすごしたと思っていたが、藤木は誤魔化されていなかったのかと思うと気まずかった。

「……もう一つ、聞いていいか」

「な、なんだよ。まだ何かあるのかよ」

もう勘弁してくれという心境だったが、聞かないのも気になる。藤木が躊躇(ためら)いがちなのも怖かった。そんな言い出しにくいこと、俺は何かしていたか？　と頭を捻(ひね)る。すでに落ち着きをなくしているので、頭がうまく働かなかった。

「その本に、プリントした写真が一枚挟んであった」

「写真？」

そう言えば、あのとき写真のことも言っていたなと思い出す。写真撮影も趣味かと聞かれたのだ。いささか唐突だとは感じていた。

「弓道場で……」

「うわーっ！」

たまらず、テーブルに両手を突いて勢いよく椅子を立つ。

弾みで手元にあったコップが倒れ、食べ終えてソースが残っているだけになっていた皿に、アイスティーをぶちまけた。

「若宮」

「だめだ。勘弁しろっ」

居た堪れず、ウッドデッキから屋内に逃げ込もうとしたところを、俊敏にテーブルを回り込んできた藤木に腕を取られて妨げられる。

「あぁ、もう、俺、鳥頭すぎて嫌になる！」

羞恥に、生来の短気さと、浅慮さが加わって、頭の中がぐちゃぐちゃだった。

「頼むから逃げるな」

藤木は言葉通りの真摯な眼差しをしていた。

それと冷静な口調が、取り乱した若宮の気持ちを鎮め、無鉄砲な行動に走りかねない状態から救い出す。

「……悪ぃ。またあのときと同じ事を繰り返すところだった……。俺、頭に血が昇るとほんとなりふり構わなくなって……駄目だな」

「だから、放っておけない気持ちになるんだろう。若宮を見ていると」

「ふふ。それで、俺にしつこく構ってきてたのか」

藤木のおかげで、引き攣った笑いを零せるくらいにまで落ち着いていた。

「少し歩こうか」

日没までに、まだ二時間ほどある。

そうだな、と頷くと、藤木はゆっくり腕を離してくれた。

ずっと握られていたんだ、と遅ればせながら意識する。藤木の手の感触が失せると、急に物足りなさを感じた。もしこれがお互い本来の自分たちだったなら、細い腕をがっしりとした力強い手で摑まれていたんだな、と想像する。そっちのほうがもっと強くありがたみを感じた気がして、ちょっと残念だった。

ここに来れば、元に戻るヒントが摑めるかもしれないと期待したが、今のところその兆候はない。具体的に策があって来たわけではないので、とにかく思いついたことを片端からやってみるしかなかった。

山の中腹にある別荘を出て、ハイキングコースの出発地点になっているバス通りに向かって並んで歩く。

午後五時を回っているのでハイキング客はまばらだ。今から山頂まで行くルートに入っていく者はいない。それ以外にもう一つ別のルートがあり、藤木はそこに行こうと誘ってきた。こちらは、山頂よりずっと低い場所にある小さな滝まで行って戻ってくるルートだ。

「たいして見る価値のあるもんじゃないぜ」

「いいじゃないか。ゆっくり歩きながら、もう少し若宮と話がしたい」

「……うう。……わかった。わかったから、お手柔らかに頼む」

「俺が若宮を苛めてるみたいだな。そんなつもり毛頭ないんだが」

こうなったらヤケクソだ。自分でもよくわかっていない心の奥を曝け出し、あとは煮るなり焼くなり、藤木に好きに考えてもらえばいい。知ったことか。そんなふうに他人任せの投げやりな気持ちになった。

「一年の秋頃だったか……」

藤木が耳に心地よく響く穏やかな声で話し出す。あまりにもそれが本来の藤木の声で、きっと脳内で若宮の声を勝手に変換しているんだなと思った。今聞きたいのは藤木本人の声だと心が訴えていて、それを脳が聞き入れたのだろう。そう考えることにする。

落ち着き払った柔らかな声音が若宮の頭に沁みるように入ってくる。

「秋津が『見てるぞ』と俺を揶揄うように言ったんだ。『あれ、一組の王子サマだろ。若宮怜一。遠目にも綺麗だなぁ』ってな。写真を撮られたとは知らなかったが、本の間に挟んであるのを見て、すぐにあの時のだとわかった」

「あのな、あれは、たまたま……」

「嬉しかった」

胸襟を開いてやる、と勇ましく決意したはずだったが、いざとなると往生際悪く言い訳じみた発言をしかけた。それを藤木に、静かだが熱の籠った調子で遮られる。

——嬉しかった。

藤木は確かにそう言った。

「……え、なんで？」

若宮は天邪鬼だ。心臓が飛び出すのではないかと心配になるほど動悸を激しくし、嫌だとは一ミリも思っていなかったのに、肝心なところで素直になれず、雰囲気をぶち壊してしまう。だが、なぜと聞いたのは、半分は本気だった。藤木の気持ちがまだ掴みきれておらず、迂闊に喜ぶのは躊躇われた。

「以前から俺を見てくれていたんだなとわかるものが二つ同時に出てきたんだ。嬉しい以外の感情は湧かなかった」

「気持ち悪いと思うやつもいるぜ、きっと」

「相手をよく思っていなかったらそうだろうが、俺は、そうじゃなかったからな」

「そ、そうなのか。それは、どうも」

ぎこちない。情けなくなるほどぎこちなくしか受け答えできず、藤木まで黙らせてしまう。しばらく二人して口を閉ざしたまま黙々と歩いた。

滝までのルートは短い。

気がつくと、水が落ちる音が微かにしており、滝まで近いことがわかった。

近づくにつれ、道に岩が増え、場所によっては地面に石ころが転がっていて歩きにくくなっていた。二人とも公園から直接駅に行って列車に乗ったので、街歩きするときの格好だ。足元はタウン用のスニーカーで、山道を歩くには適していない。

一度石ころで足を滑らせバランスを崩しかけた。

「うわ……っ」

空を掻くように泳がせた腕を藤木がすかさず摑み、若宮の体で受け止めてくれる。

逆ならよかった。また猛烈にその気持ちが湧く。何度目だろう。

若宮自身ならこんな場合、自分より体の大きい藤木に手を貸そうとは露ほども思わない。だが、外見は若宮でも中身は藤木の若宮は、支えきれるかどうかを慮（おもんぱか）るより、藤木の中身の若宮を助けずにはいられなくて、考えるより先に体が動くのだ。

これって、つまり、藤木に好かれていると思っていいのではないか。

思うしかないのではないか。

じわじわと熱いものが体の底から湧き上がってくる。

心臓の音が耳まで届きそうだ。

頭の芯がジンジンしてきて、何も考えられなくなる。

「若宮」

手を繋がれ、滝を見るために設けられた森の中の平らな場所に出る。

日はだいぶ傾いていた。周囲の景色がオレンジ色を混ぜた色合いになっている。

滝を見に来ている人は二人以外いない。

藤木がサラサラの髪を細い指で梳き上げる。

「涼しいな」

あ。俺のしぐさだ、と思った。

キスしたい情動が込み上げ、目の前にいるのは藤木なのか、それとも若宮自身なのか、もうわけがわからないと思いつつ、ほっそりとした体を抱き寄せて、艶のある柔らかな唇を塞いでいた。そのまま自然と目を閉じる。

チュクッと淫らな水音をさせ、藤木から唇を吸ってきた。

脳髄に痺れが走る。

初めてにしては、いささか濃厚すぎるキスではなかろうか。だが、やめたくはなかった。

藤木を感じたい。藤木の心に触れたい。叶うことなら、若宮怜一として、藤木に抱かれ、キスされたい。

そう思ううちに強い眩暈に襲われ、自分がどこに立っているかも定かでなくなった。

脚が縺れてよろけそうだったが、藤木にしっかり抱き締められて、揺らがずにいられた。

自分では揺らいでいないつもりだった。

踏み締めているはずの地面も、ドウドウと水音をさせているはずの滝も、刻々と色を変えつつあった天空も、全部消し飛んでいた。平衡感覚、音、色、何も感じない。

ただ、藤木としっかりと抱き合う腕、密着させた体、湿った粘膜を接合させるキスの感触、それだけを意識する。

宇宙に放り出され、周囲に何もない空間を、二人きりで抱き合って漂っている感覚だった。

どこからか強い光が差してきて、周囲がハレーションを起こしたように白く吹き飛ぶ。目を閉じていてもそうなっているのがわかった。いや、そうなっている気がしたと言うべきか。

頭の中まで真っ白になる。

一瞬、全ての感覚が失せた。

そこがピークだった。

徐々に光が弱まっていく。

それに合わせて感覚が少しずつ戻ってくる。

藤木の腕、密着させた体、くっつけ合った唇。

ドウドウと飛沫を上げる滝の音が再び聞こえだす。

地面に足を着けている感覚も取り戻した。

唇をひときわ強く吸われ、ビリリと下腹部に淫らな感覚が走る。

あえかな声が出た。

「若宮」

藤木に、藤木の声で呼ばれる。今までとは違い、ずっと本人っぽい声だ。

「若宮」

もう一度呼ばれ、指で頬を撫でられた。

少しゴツい感じの、節のはっきりした長い指――。

えっ、と違和感を覚えて瞼を上げた。

目の前に藤木の顔がある。若宮の姿をした藤木ではなく、正真正銘、藤木将だ。

「……嘘。……えっ。俺たち……」

自分の体を見下ろすと、若宮だった。やっぱりこっちのほうが断然馴染む。頭の天辺から指先まで、どこを取っても自分だ。

「う、嘘っ、ええっ」

突然の展開に頭がついていかず、ひたすら狼狽える。

「戻れたな」

ずっと見下ろしていた藤木を、やっとまた見上げることができた。

十一センチの身長差をしみじみ噛み締める。

「え、でも、なんで?」

他に言葉が出なかった。我ながら語彙力が乏しすぎて情けない。

「若宮を抱きたいって強く願ったからかもな」

藤木が、藤木らしくない大胆なことを言い、若宮は真っ赤になって絶句した。元に戻れたことを噛み締める余裕もない。

「その前に、言わないといけないことがあった」

それに引き換え、藤木は腹が立つほど冷静で、余裕すら感じる。

「ずっと若宮のことが気になっていた。危なっかしくて、構わずにはいられなくて。ウザがられているとわかっていても、なぜか放っておけなかった」

藤木は若宮の顔を見据え、訥々とした口調で言う。ここまで言ったからには、後に引けなくなったようだ。若宮も息を止めそうになりながら続きを待っていた。

「いつのまにか、ただ気になるだけじゃなくなっていたんだが……好きだと自覚したのは、入れ替わっていたときだ。それまで知らなかった若宮のいろいろな面を見ることができて、情を抑えられなくなった。もっと早く自分の気持ちに気づけたらよかったと、何度も思っていた」

「藤木。おまえ、まだるっこしいよ」

丁寧な告白が藤木らしすぎて、嬉し涙が出そうだったが、必死に堪え、笑いながらダメ出しする。

「……すまん。俺も自分をどんくさいと思う」

藤木も苦笑いしていた。

若宮ははにかみつつ左右に小さく首を振る。

自分も同じだ。告白なんか不慣れで、どうしたらいいかわからない。まさか、藤木とこんなふうになるとは思ってもみなかった。けれど、蓋を開けてみたら、藤木の傍(そば)が一番しっくりくる。そんな感じだ。だから、若宮もここは精一杯自分に正直になることにした。

「俺みたいなのには、おまえくらい不器用で面白みのない、誠実さの塊みたいなやつがいいんだろうな。仕方ないから、つ、付き合ってやるよ。もう、風呂場で、お互いの体を隅から隅まで知り尽くしてる関係だしな」

ちょっとはすっぱに振る舞ってやろうと思ったのだが、言った端から猛烈に恥ずかしくなってしまい、こんなこと言い出すんじゃなかったと早速後悔した。

「とりあえず、別荘に戻ろうか」

藤木が若宮の手を握り、行こうと促す。

「続きは、別荘の風呂場で聞く」

「えっ。いや、続きとかないから」

慌てて否定したが、藤木は大人びた笑みを浮かべて聞き流すと、来た道を引き返しだした。

繋いだ手が緊張で震えそうになる。

少し前まではこの大きな手が若宮の手だったとは信じ難い。

「まさか、また入れ替わったりしないよな?」

「しない」

藤木は一片の迷いもなさそうに断じる。

「俺は俺のままでおまえを守りたい。二度と入れ替わりはない」

また「おまえ」と呼んだ。慣れてないので殊更に意識してしまう。擽ったくも嬉しくて、目をうろうろさせたりして、挙動不審になりそうだ。

「ああ。そうだな」

うわつく気持ちを落ち着け、若宮からも同じように返す。

「俺も、俺のままでおまえといたい」

藤木が好きだ。

たぶん、弓をキリリと引く凜とした姿を見た時から、惹かれていたのだと今は認められる。

「若宮」

ハイキングコースの出発地点が見えてきたところで、藤木が若宮の手を握ったまま足を止めた。若宮も一緒に立ち止まることになる。

なに？　と藤木を見る。

藤木が若宮の目を真っ直ぐに見つめ、告げてきた。

「好きだ」

そして耳元に顔を寄せてきて、聞き漏らすなと言わんばかりに重ねて囁く。

「若宮のことが、好きだ」

思わず空を仰ぎ見る。

潤みかけた目に一番星が飛び込んできた。

＊

別荘の風呂は家族五人が一度に入ることができるほど広々としている。それに見合った太さのパイプが通っているので、湯を溜めるのにそこまで時間を要しない。

散策から戻ると、すぐにカランを開けて湯を入れ始めた。三十分もすれば大きな湯船にちょうどいい量が溜まる。その間に藤木と二人で、放置していた食後の後片付けをした。

食器を洗いながら、先月来たときは、女子二人に先に風呂に入ってもらい、その後男たちは好き勝手にバラバラに入ったな、という話をした。

「あのとき、誰かと一緒になったか？」

「狭山と脱衣所で会ったが入れ違いだった。旅館みたいな風呂を独り占めできて、贅沢だなと思った」

「確かに、贅沢だよな。でも、俺は藤木の家のお風呂、好きだぜ」

「足伸ばせなかっただろ」

「ああ。藤木の体格だとちょっと窮屈感あるな。サイズは決まっているからどうしようもないけど、フェイクグリーンやアロマキャンドルが置いてあったり、フックを使ってバーに提げられたボディソープやシャンプーのボトルが趣味よかったり、本当にいろいろ工夫されていて、生活を楽しんでる感じがすごくよかった。毎日めちゃめちゃリラックスできてたんだ」

「母さんが好きなんだ、そういうの」

藤木は洗剤を流し終えた皿を若宮に渡し、次の皿を蛇口の下に持っていく。藤木が洗った食器を若宮が拭き上げる。二人でかかれば、後片付けはあっという間に終わった。

「俺の家は居心地よくなかっただろ」

「でもない。静かで勉強しやすい環境だった。まぁ、バラバラ感はあったが」

「和樹に腹立つこと言われなかったか」

「二週間も意識のない状態で寝続けていて、やっと起きたからか、最初は向こうも様子見しているようだった。そのうち顔を合わせるとチクチク言うようになったが、俺もどう反応すればいいかわからなかったので黙って聞き流していた。そしたら、そのうちつまらなくなったようで、今度は無視するようになった」

「はは、さすがだ」

逆に翻弄されたも同然の和樹の、苦虫を噛み潰したような顔が目に浮かぶ。

「和樹のこと、ドラッグや『ロータス』、加治との関わりも含めて話してみるから、俺に任せてくれるか」

元に戻る前にした話を、藤木が再度持ち出す。

若宮にも異論はない。

「俺だと和樹も絶対意地を張り続けるから、こっちからも頼む」

藤木は真剣な表情で頷く。

「以前から『ロータス』に高校生が出入りしていることは、地区の風紀委員長会でも問題になっていた。加治だけではなく、他校の高校生も関わっているんだ。警察とも連携を取っているから早晩捜査の手が入るはずだ。その前に和樹には加治と手を切らせる。俺の見たところ、そこまで常習化してないようだから、今ならまだ間に合うだろう。ご両親にバレるのを恐れているなら、言うことを聞くんじゃないかと思う」

「絶対親には知られたくないはずだ。少しは懲りて大人しくなるかな」

「おまえに無闇に突っかかるのもやめるといいが」

「へぇ。心配してくれるんだ」

若宮は冷やかすように言って藤木を見る。

「するだろう、それは」

藤木ははぐらかさずに答え、若宮の顔を見つめ返してくる。

「ありがと」

今度は若宮も素直に受け止めた。

藤木はフッと口元を緩めると、腕時計に視線を落とした。

「そろそろお湯が溜まる頃だな」

「お、おう」

藤木と一緒に風呂に入るんだと思うと、今さらながらドギマギしてくる。緊張に声が上擦りかけて、意識しているのが藤木に丸わかりになってしまったのではないかと恥ずかしくなる。

この一ヶ月余りずっと、相手の体を、髪の毛から足指の股、さらには股間に至るまでしっかり見て洗って、手入れしてきたわけだが、それと、自分の体を相手の前に晒(さら)すのとでは、全然意味合いが違う。

「先に行ってる」

脱衣所でもたもたしているうちに、藤木はさらっと服を脱ぎ捨て、股間にタオルを当てて浴室に入っていった。

一人になってようやく若宮も全裸になる。

久々に自分の裸を鏡に映して見た。こうやって藤木も見ていただろうか。それとも、藤木のことだから、遠慮して見ないようにしていただろうか。あまり想像を巡らせていると、風呂場に行きにくくなりそうだったので、そうなる前に鏡の前を離れた。

カラリと曇りガラスが入った引き戸を開ける。

藤木は洗い場で体を洗っていた。

がっちりと筋肉のついた、引き締まった体に視線が釘付けになる。

「どうした。毎日見ていたんだろう」

珍しく藤木が揶揄う口調で言う。若宮があんまり見つめるものだから照れくさかったようだ。

壁に取り付けられた鏡越しに目を合わせ、フッと笑いかけてきた。ちょっと苦みを含んだその表情がやたらと色っぽくて、ドキッとする。

見るどころか触っていた体だが、内からと外からとではまるっきり感じ方が変わる。自分の体には欲情なんてしない。他人だから、一つになって相手を自分のものにしたいと思うのだ。

「こっちに来て、座れ」

藤木に手招きされ、言われるまま鏡の前に座る。今し方まで藤木が座っていた檜の椅子だ。

肩から湯を掛けられ、ボディタオルで背中を優しく擦られる。擦るというより、ボディソープの泡を広げていく感じだった。背中の次は腕、そして首から胸板、腹部と丁寧に泡まみれにされていく。ソープの爽やかな香りに包まれ、心地よかった。

「脚は自分でやる」

それと股の間もだ。藤木もすんなりタオルを渡してくれた。

若宮が脚と股間を洗っている間に、藤木は若宮の髪をシャンプーしてくれた。

「弟と一番似ているのは髪の色だな。肌の白さもか」

「髪質は違うけどな。俺は癖がそんなに強くなくてサラサラしてるが、和樹はふわふわだ。見た目が柔和だから、あの性格隠せてるんだ。俺は逆に尖って見られがちでさ。損ばっかりしてると思ってた。でも、もう、これからは誰かと比べて腐るのはやめにする」

「それがいい」

藤木が発する言葉は短くて淡々としており、時にそっけなく聞こえもするが、一言一言に誠実な人柄が滲んでいて、ベラベラ喋られるよりよほど説得力がある。

「あのさ。……親と、膝を突き合わせて話してみるよ。藤木が和樹と話してくれるんなら俺も親と話す。向こうが時間とって応じてくれるかはわからないけど、ぶつかってみようと思う。さっき決めた」

「ああ。きっとご両親も、おまえと一度腹を割って話したかったんじゃないか。俺はそう思った。まんざら話のわからない人たちじゃない気がするぞ」

「なんか、藤木に言われたら、そうかもしれないと本当に思えてきた。もしかしたら、俺、勝手に嫌われてると思い込んで、自分からいろいろシャットアウトしていたのかも」

思えば中学受験に失敗したときから劣等感の塊で、全てに対して卑屈になっていて、厭世的で投げやりな態度を取り続けてきた。それでも親に完全に見捨てられはしていなかった気がする。今ならまだ間に合うのではないかという気持ちが大きくなる。藤木の言葉に励まされ、決意を固くした。

「進路についても、俺のやりたいこと、話してみる」

本当は地元の適当な大学になんか行きたくない。それを言うと、ならば進学は認めないと突っぱねられそうで仕方なく我慢するつもりだったが、言うだけ言ってみようと思った。

「自分の気持ちをちゃんと話せ」

応援している、と藤木は言ってくれた。嬉しかった。

「あのさ、藤木は……こんな俺の、どこが好きなわけ?」

若宮は少しも自分に自信が持てず、恐る恐る聞いてみる。

「手が掛かるところかもな」

「おい」

納得いかず抗議しようとしたが、流すから下を向けと言われ、出鼻を挫かれた。

頭にシャワーを浴びせられ、髪に指を通して濯がれる。頭皮を撫でる手つきがマッサージみたいで心地よかった。

「跳ねっ返りで元気なところもだ」

シャンプーの泡を洗い流しながら、思いついたように言い足す。

「なんだよ、それ……っ」

「構いたいんだ。おまえ、可愛いから」

藤木の口から、可愛いなどとまともに言われ、どう返していいかわからず「えっ、えっ?」

と狼狽えた。

キュッと藤木がシャワーを止めた。

いきなり風呂場が静かになる。

「若宮。こっち向け」

藤木の口調は穏やかで温かみがある。淡々としすぎていたり、命令形だったりしても、少しも嫌な気持ちにならず、先を期待して従ってしまう。

風呂椅子に座ったまま体の向きを変え、顔に被さっていた濡れ髪を両手で掻き上げ、後ろに撫で付ける。そうして、膝立ちになった藤木と目を合わせた。

藤木の顔が近づいてきて、目を閉じる。

唇に藤木の口が重なった瞬間、電気を通されたように体が震えた。

脳髄が痺れ、酩酊した心地になる。体の奥に火をつけられたように芯が熱くなり、疼きがだんだん強くなる。

藤木はキスが上手かった。

柔らかく唇を嚙まれ、舌先でなぞられ、強めに吸われる。

緩急をつけて幾度も接合を繰り返すうちに、もっと欲しくなって自分から唇を緩め、藤木の舌を誘っていた。

キスをしたのも今日が初めてだというのに、我ながら大胆すぎて、欲深で淫らすぎる気がして頬が火照りだす。藤木にはきっと慣れていると思われているだろう。相当遊んでるなと誤解されるかもしれない。それはちょっと嫌だなと思ったが、藤木をいっぱい感じたい気持ちのほうが勝っていた。

物欲しげに隙間を作った唇に藤木が舌を差し入れてくる。

弾力のある濡れた舌で口腔を弄られ、未知の感覚に慄く。

「んっ……ン……ッ」

声にならない喘ぎを洩らしながら、藤木の逞しい腕に指を食い込ませる。

舌を搦め捕られて吸われ、溢れた唾液を舐め啜られる。淫靡な行為に頭がくらくらしだす。

皆こんなことしてるのか？　驚きと羞恥でオタオタしてしまう。

「若宮」

吸われすぎて、ふっくり膨らんだ唇に、藤木の熱っぽい吐息がかかる。

髪や頬や頸を愛しげに撫でられ、またキスされた。

「キス、好きなんだな」

目の前の男が自分と同い年のクラスメートだということを忘れそうになる。それくらい藤木は男の色香を全身から醸し出していた。

「若宮とするのは好きだ」

「そっか。じゃあ、もっとしよ」

「煽らないでくれ」

困ったように顔を顰めながら、藤木もまんざらでもなさそうだ。

湯船に浸かって、そこでもキスをした。

今度啄むようなキスを、口だけではなく、顔のあちこちにされた。チュッ、と音を立ててキスを降らせつつ、首から下を指でまさぐられる。

乳首を摘んで、指の腹ですり潰すように弄ったり、引っ張ったりされると、ジュンとした疼きが下腹部に生まれ、たまらなくなって腰を動かした。

脇を手で撫でられるのにも弱く、身動ぎして湯を揺らしてしまう。

まだ触られていない足の付け根のものも、性感が昂まるにつれて硬度を増しており、欲情していることを隠しようもなかった。

「なぁ、俺ものぼせそう。まさか、ここで最後までする気じゃないよな？」

「……最後までしていいのか」

藤木は若宮の気持ちを見定めようとするかのごとく慎重に聞いてくる。

「えっ、しないつもりだったのか」

てっきり、一度こういう流れに乗ったなら最後までするのが当たり前かと思っていたので、聞かれて逆にびっくりした。

「若宮、初めてだろう？」

「うっ、なんで？　なんでわかるんだよ」

経験豊富を気取りたいわけではないが、初めてだとあっさり見抜かれるのもなんとなく悔しくて、すんなり肯定できなかった。

「いや、それは、わかるだろう」

「えっ、じゃあ、おまえは？」

藤木は意味深な笑みを浮かべただけで言葉にして答えない。ずるいぜ、と思ったが、過去に誰かとしたことがあるとわかったら、それはそれで相手は誰だったのかとか、いつしたのかとか気になりそうで、知らないほうが心が乱れなくていい気もした。

「上がろう」

藤木に促されて湯船を出る。

二人ともバスタオルを腰に巻いただけの格好で主寝室に行った。

「この前はここに高野もいて、色っぽいことなんか感じもしなかったのに、今夜はおまえと二人きりで、ただ隣に寝るだけじゃないんだと思うと、めっちゃ緊張する」

「それは俺も同じだ」

藤木は若宮に、先にベッドに上がるよう眼差しで示す。若宮が全裸でハリウッドツインの片側に潜り込む間、藤木はさっきハイキングコースの出発地点に一軒だけあるコンビニエンスストアで買ったものを、リビングに取りに行っていた。

それを枕の下に置き、部屋の明かりをベッドサイドのシェード付きランプだけにして、おもむろにバスタオルを外す。

ちらちらと横目で藤木を見ていた若宮は、藤木の股間が目に入ると、慌てて首を反対側に倒した。

……でかい。あれを尻に入れるとか、あり得ない……。絶対痛い。無理。

やっぱり今夜のところは、キスと触りっこだけにしておかないか、と言ってみようか。藤木のことは好きだし、させていいと思っているし、ぶっちゃけ自分も藤木とやりたいが、現実を目の当たりにすると怖じ（お）けてしまう。

「無理しなくていいぞ」

いきなりそっぽを向いて固まってしまった若宮を見て、藤木は察したように言う。

天邪鬼な若宮は、そう言われると「無理とかしてないし」と平気な顔をせずにはいられない。向き直って、ベッドの中程まで布団の中を移動し、藤木との距離を詰める。

藤木からも身を寄せてきた。

互いの体温を感じられるくらいにまで近づいたところで、若宮から藤木に抱きついた。

肌と肌とを密着させると、互いの熱と匂いが混ざり合い、溶け合って、別々の人間が一つになる感覚に震えがくるほど昂ぶった。

「ああ、俺わかった」

セックスって、この感覚の延長で、最大最高の、好きなやつと一つになる方法なんだ。皆、きっと本能でそれがわかっているから、やるんだな。好きだから。男も女も関係なく。相手を知りたい。好きの基本はそれだと思う。入れ替わっていた間にも、若宮は今まで知らなかった藤木を知って、理解できた部分もたくさんあったが、個があって個を知るのと、個になってしまうのとは、全く別のことのような気がする。

「藤木、しよ」

見事に筋肉がついた胸板に顔を埋め、言った。

藤木が若宮をぎゅっと抱き締める。

そうやってしっかり抱き合ったまま体位を変え、藤木が若宮を腹の下に敷き込む形で覆いかぶさってきた。

シーツに仰向けになって藤木の重みを受け止め、精悍に整った顔を見上げる。

脚の間に藤木の片脚が入り込み、重なった下腹部で互いの性器が押し合わさっている。僅かでも腰を動かすと擦れ合い、刺激を受けて形と大きさが変わる。どのくらい感じているのか、昂揚しているのか、あからさまにわかって恥ずかしい。藤木も同じようになってくれてホッとする。言葉より雄弁に藤木の気持ちを伝えてくれているようで嬉しかった。

藤木の手が、指が、唇が、若宮の体を弄る。

風呂場で見つけられた弱みをベッドの上でも責められる。

感じやすい乳首は、軽くひと撫でされただけで猥りがわしくぷっくり勃ち上がる。さっきさんざん弄られたときの感覚が残っていたらしく、続きを待っていたかのようだ。

豆粒のように肥大し、硬くなった乳首を、唇で挟んで扱かれる。そのまま舌先でチロチロと擽られると、はしたない声が出た。

「ンンンッ、だ……めっ。あっ。あー……っ」

感じて、啜り泣きしてしまう。

左右交互に指と唇を使われ、シーツを乱して悶えた。

藤木は徐々に体をずらしていき、乳首の次は下腹部で芯を作っている性器に的を変えた。握り込まれ、竿全体を扱かれる。

「……っ、くっ……あ、あっ」

頭が吹き飛びそうなほど気持ちよくて、喘ぎ声が次から次へと零れる。

「う、おまえ、上手すぎ……っ」

このままだとすぐに昇り詰めそうだったが、藤木はそうあっさりと若宮を達かせてくれない。ギリギリまで追い上げられたと思ったら、寸前ではぐらかされた。そして、若宮がある程度呼吸を整えたのを見計らって愛撫を再開する。

「くううっ、あ……、あ、イク。イかせろっ」

大波に背中を持ち上げられるように性感が高まり、あられもなく叫んでいた。

体が吹き飛びそうなほどの悦楽に見舞われる。

痛いほど張り詰めた陰茎の先端から白濁が飛ぶ。

一度焦らされた挙げ句の射精は病みつきになりそうなほどよかった。

肩を上下させるほど息を荒らげ、目は涙でいっぱいで、腕はシーツにぐったり伸ばしたまま持ち上げる余力もない。

「嘘だろ……俺、こんなの、初めてだ」

元々性欲は薄いほうだと思っていた。女は苦手なので、女子を見ても欲情などしたことがなく、かといって男と付き合うとかは考えたこともない。自慰もめったにしない。

体が藤木だったときも、なぜか性欲とは無縁で、おそらく、これには何か精神的なセーブが掛かっていたのではないかという気がする。藤木も、若宮の体でこういうことはしていなかったと言っていたので、同様にセーブが効いていたのだろう。

「ここまで飛んでる」

藤木が若宮の顎を指で拭う。

その指をあろうことか藤木は口に持っていき、舐めた。

「ば、馬鹿、そんなもの……！」

「本当は口でしてやりたかった。だが、最初からそんなことしたら若宮に引かれそうだったからしなかった」

「お、お、俺は……しない。してやらないぞ！」

藤木のを口に含んでしゃぶったり舐め回したりすることを想像し、できるか、そんなこと、と動揺する。

「若宮はしなくていい」

藤木は初めからさせるつもりなどなかったように言う。してもらうのではなく、自分がいろいろいっぱいしてやりたい、と真顔で言った。

そう言われると、若宮は、そのうちしたくなったらしてやろう、と逆に思う。藤木が感じて喘ぐところを見たい気もする。たぶん、今は自分だけが知ることのできる顔だ。

シーツの上でぐったりと弛緩（しかん）したままの体に、藤木が手を掛けてくる。

「な、なに？」

太腿（ふともも）を割り開かれ、脚の間に身を置く藤木に、若宮は狼狽えた声で聞く。

「無理にはしない」

藤木の指が双丘の奥に忍んでくる。

探り当てた窄（すぼ）まりを指の腹で撫でられ、ひゃっ、と変な声が出た。

頭ではどうするのか理解していても、いざとなると体が強張る。

「怖いよな。若宮、嫌ならしない」

「嫌、じゃない」

それは本当だった。

若宮は藤木を見て、こくりと喉を上下させた。

「したいのはしたいんだ。ゆっくりなら、たぶん大丈夫」

「わかった」

藤木は自分の指を口に含むと、唾液を掬い、ぬめりを秘部に塗す。

ここをこんなふうに濡らしたことなどなくて、初めての感覚に戸惑う。

やがて指の先がつぷっと窄まりの中心に埋められてきた。

痛くはないが変な感じがして、小さく喘いだ。

「大丈夫か」

徐々に指を奥へ奥へと進めてきながら、藤木は片時も若宮の顔から視線を逸らさずにいた。表情の変化をつぶさに見て、口だけではなく本当に平気か確かめながら慎重に行為する。

ズズズッと指で狭い筒の内側を擦られる。

「あああっ」

浮ついた声が出た。異物があり得ない場所に入り込んできているのがはっきりわかる。けれど、これは藤木の指だと思うと怖くなかった。不安もだんだん薄れてきた。代わりに充足感が増してくる。

「気持ち……いいのかどうかは、わからないけど、大丈夫。あっ、んんんっ」

洩らす声も、この感覚に慣れるにつれ、甘く、歓喜を含んだものになる。

藤木は言葉通り、己の欲望を優先することなく、少しずつ慎重に若宮の体を開いていく。

中に挿し入れる指を一本から二本に増やす際、藤木は枕の下からベビーオイルのボトルを取り出し、唾液の代わりにそれをたっぷり指に施した。おかげで二本一緒に受け入れるのもさほど難しくなかった。

さらに、三本揃えて抜き差しできるようになると、藤木は「一度試していいか」と伺いを立ててきた。ここでもし若宮がまだ怖いと言えば、きっと引いてくれただろう。そんな信頼関係がすでにできていた。

「いいよ」

本音は少なからず怖かったが、それを凌駕(りょうが)する藤木への想(おも)いがあった。

「藤木としたい」

真っ直ぐに藤木を見て答える。

藤木は胸に込み上げるものがあったような顔をして、若宮の唇に愛情の籠ったキスを一つ落とすと、若宮の両脚を担ぐようにして腰をシーツから浮かした。

尻を斜めに持ち上げる形になるよう、膝を腰の下に入れられる。

柔らかくなるまで解(ほぐ)され、寛(くつろ)げられた後孔に、スキンを被せた昂りが押し当てられる。

潤滑剤代わりのベビーオイルで濡れそぼつ秘部に、エラの張った亀頭が穿(うが)たれる。

一瞬息を止めてしまったが、すぐに吐いて、藤木の顔をしっかり見る。

藤木も若宮から目を離さずにいる。

そのまま、時間をかけて、藤木が若宮の中に入ってきた。

狭い器官が太く長い肉棒でみっしりと埋め尽くされる。

胃がせり上がりそうだったが、吐くようなことにまではならなかった。

「……入った」

藤木も相当忍耐を試されただろう。ズン、と腰を入れて最後のひと突きを果たしたあと、安堵と喜びが混じった声で言い、額の汗を手の甲で拭い去る。そのしぐさがまたひどく色っぽくて、ゾクゾクした。

「ああ……、藤木のアレが、俺の中に入ってる」

嘘みたいだ。できた。

感極まって泣きそうになる。

「若宮」

藤木が宥めるように顔中にキスしてくれる。

「今度は、藤木がイクところが見たい。もしかしたら、俺もまたイクかも」

「じゃあ、ゆっくり動かす」

藤木は心なしかはにかんだ顔をして、言葉通りに腰を動かし出した。

奥まで穿たれた陰茎が抜き差しされる。

中を擦り立てられるたび、味わったことのない淫らな感覚が襲ってくる。

「若宮がそんな顔をするのを見たら、たまらない」

藤木はしばらく唇を噛んで耐えていたが、やがて、腰を突き入れる速度を増していき、最後はくぐもった声を洩らして動きを止めた。

息を弾ませたまま、顔を近づけてきて、口を塞がれる。

「好きだ」

「俺も。本当は、前からとっくに藤木が好きだったのかもしれない」

やっと素直に言えて、身も心も幸福感でいっぱいになる。

「これから、よろしく」

藤木にあらたまって言われ、こくりと頷いた。

藤木との関係は始まったばかりだ。

＊＊＊

「よう。ここにいたのか、藤木」

三年間お世話になった弓道場の出入り口付近に立って、誰もいない道場を感慨深く眺めていると、夏休み前に引退するまで部長を務めていた秋津がひょっこり顔を覗(のぞ)かせた。

「秋津。来ると思った」

「今日で正真正銘、ここともお別れだもんな」

「ああ」

二人とも、制服のブレザーの胸元に花飾りを付けている。

「卒業おめでとう」

「おまえもな。おめでとう」

互いに言い合い、拳をトンとぶつけ合う。

「いろいろあったが、過ぎてみれば三年なんてあっという間だった気もするな」

秋津がしみじみと言う。

「ま、大学も一緒のところに進むことだし、おまえとは来年からもよろしく、だけどな」

「上京してまで離れないというのは、よほどの縁だな」

「ああ。だが、安心しろ。おまえと若宮の邪魔はしない」

秋津の口から若宮の名が出ると、なんとも面映い。藤木がずっと若宮を気にかけていたことを、秋津はかなり前から知っていて、何かにつけて冷やかされていたのだ。それでも、べつに、と躱していた。蓋を開けてみれば付き合うようになっており、やっぱりそこに落ち着いたかと言われて何も言い返せなかった。

「若宮はモード系の専門学校だっけ。親の許しが出るまではずいぶん揉めたって聞いたが、最終的には希望通りの進路を選べてよかったな」

「粘り勝ちだな、若宮の」

和樹がすっかりおとなしくなって、若宮を敵視するのをやめたことも、諦めずに向かっていけば事態は変わるかもしれないと若宮に思わせた要因かもしれない。

「東京では一緒に住むのか」

「ああ。今度物件を見に行くことになっている」

藤木にとっては初めての東京だ。

「いいねぇ」

俺も恋人欲しくなったぜ、とぼやき、じゃあまたな、と片手を挙げて、秋津は道場を出て行った。

一人になって、藤木は磨き抜かれた床を踏み締め、射場に立った。

すっと息を整え、姿勢を正す。

左手で弓を構える動作をして、右手に持った想像の矢をつがえ、的を目がけてキリキリと弓を引いていく。

ここぞ、という瞬間に矢を放つ。

パーンという音を立てて矢が的に当たる。

藤木は伸ばしていた腕を下ろした。

想像の矢は一直線に飛んでいった。

藤木自身も矢のように迷わず自分の道を突き進んでいきたい。

大好きな恋人、若宮怜一と共に。

そう思ったとき、道場の出入り口に再び人の気配がした。

「怜」

振り返ると若宮が遠慮がちに中を覗いている。藤木と目が合うと、「いいか?」と伺いを立ててきた。神聖な道場に部外者が踏み込んでいいものか躊躇ったらしい。

「来いよ」

うん、と頷き、いささか緊張した面持ちで靴を脱いで上がってくる。

いつ頃からだったか、若宮のことを怜と呼ぶようになった。付き合いが深くなるにつれ、自然とそうなっていた。若宮には相変わらず「藤木」と呼ばれている。名前で呼ぶのは照れくさいらしい。変なところで奥ゆかしいのが、また愛しい。

今日の若宮はさすがにきちんと制服を身につけている。ピアスも外してきていて、正直、それはちょっと残念だ。規則だから口を酸っぱくして注意していたが、個人的には本気で似合っているとずっと思っていた。

初めて若宮をしっかり見たときのことが、鮮明に頭に焼き付いている。

『見てるぞ』

揶揄うように言った秋津の視線の先に、若宮がいた。

金網のフェンスの向こう、電柱の側に佇(たたず)むすらっとした立ち姿が目に入り、一瞬で惹き込まれた。

オレンジ色の西日が背後から後光のように差していて、たまたま吹き付けた秋風がサラサラした髪を揺らし、耳朶がキラッと輝いた。黄昏時(たそがれ)の逆光の中、一葉の絵みたいに美しく、どこか幻想的な光景で、目を奪われた。

若宮怜一の噂は嫌でも耳に入るので、存在はもちろん知っていたが、意識してちゃんと見たのはその時が初めてだった。

以来、若宮のことが妙に気になりだした。

「あんまりマジマジ見るなって。恥ずかしいだろ」

胸にリボン飾りを付けた若宮が面映そうにそっぽを向く。

「悪い。ちょっと思い出していた」

「初めて俺を意識した時のことか？」

「ああ。よくわかったな」

そりゃあ、おまえ、と若宮はますます気恥ずかしげな顔をする。白い肌がじわじわと薄桃色に染まっていく様が、心臓に悪いほど可愛くて、困る。

「……俺もまさに同じこと思ってたし」

今日はやはり若宮にとっても特別な、区切りの日らしい。付き合いだしてからは、それ以前とは比べものにならないほど素直になってくれたが、中でも今日はとびきりだ。

「さっきそこで秋津とすれ違った。あいつも来てたんだな。いるよ、とか言ってニヤニヤしやがったぞ」

無造作に髪を掻き上げながら言う。静かな道場で、こうして二人きりになっているのが照れくさいようだ。

「東京でも、またあいつとも顔合わせることになりそうだな。なんかそんな予感はしてたけど。あいつもめっちゃ頭いいしな」

「邪魔はしない、とわざわざ言っていた」

「そういうとこだよ」

若宮は不貞腐れた顔をするが、本心はまんざらでもなさそうだ。秋津のことも一目置いていて、好きか嫌いかで言えば好きなのが伝わってくる。

「怜も頑張ったな」

「ああ、ほんと、俺がんばったよ」

若宮は堂々と言って、嬉しさを隠しきれないように笑った。

「夏から秋まで、何度親父を掴まえて話す機会を作ったかしれない。受験だけでもさせてくれって、最後は土下座までしたんだぜ。俺には政治家なんて絶対無理だから、親父の言う大学に行っても金をドブに捨てるようなもんだって」

最後はなんと、美樹と和樹も味方してくれたと聞いた。これにはさすがに驚いた。きっと二人も、若宮家という大きすぎるしがらみに雁字搦めにされており、爆発寸前だったのだろう。真っ向から立ち向かい。抗う若宮の姿に、それまでの関係性をかなぐり捨てて味方してしまうほど気持ちを動かされたようだ。

「和樹のことでは、藤木が最善を尽くしてくれたから、あいつ、人生を棒に振らずにすんだだろ。親父にはぶん殴られてたけど、それでかえって吹っ切れたらしい。相変わらず嫌みたらしくてムカつくが、前ほど陰湿な感じはしなくなった。だから、俺も、おまえと約束したこと、何がなんでも諦めたくなかったんだ」

自分の人生は自分で決める。後悔しないように。それが若宮とした約束だ。

「一緒に東京に行けて嬉しい」

顔を赤らめ、目を輝かせて言う若宮を、引き寄せ、抱きしめた。

今日で高校生活は終わったが、次の世界の扉はすでに開かれている。

あとがき

久々に高校生のお話を書きました。

しかも、心と体が入れ替わるというシチュエーションで、これは私にとって初めての挑戦でした。

お楽しみいただけましたなら嬉しいです。

自分自身が高校生だったのは遥か昔なので、今とはだいぶ違っているんだろうなと思いながらも、書いている間は自分の高校時代を懐かしく思い出していました。たった三年、されど三年という感じで、いつまで経っても忘れないものです。一日一日が濃かったなぁ、一年長い気がしたなぁと、しみじみしちゃいました。

藤木は、普段通りの、私が書く攻キャラになりました。なんかもう、私は本当にこういうタイプが好きなようです。あんまり高校生っぽさはないかもですが、代わりに若宮がヤンチャしてくれたので、社会人同士とは違う雰囲気になったのではないかと思います。

若宮は、本当に、書いていて楽しかったです。こちらもまた私が好きなパターンのキャラクターです。

藤木の親友、秋津も気に入っておりまして、もっと登場させたかったなと、それだけがちょっと心残りです。藤木の傍に秋津のような友人がいると、嵌まるなぁと思って、気持ちが上がります。今作はまさに好きなものを入れまくった作品になりました。

本作では受と攻が入れ替わります。体は攻で心は受というのはどんなものなのか、その逆の場合もですが、悩むところは多かったです。新たな発見としては、完全に相手の環境に身を置くことでわかること、理解できることというのはあるだろうな、それをきっかけに相手に一層興味が湧いたり、真意を知ったりする、というのは、入れ替わりものならではかもしれないな、ということでした。

イラストは笠井あゆみ先生にお世話になりました。笠井先生のイラストで高校生を拝見できるとわかって、とても嬉しかったです。夏服を着た二人が学校の階段ですれ違うカバーイラスト、素敵すぎて顔が緩みっぱなしです。シャツの透け感がもう。ドキドキです。本当にありがとうございました。

本著をお手に取ってくださった読者の皆様、いつもアドバイスをくださる担当様、制作にご尽力くださっている皆様、全ての方に感謝いたします。

ここまでお読みいただき、ありがとうございました。

また次の作品でお目にかかれますように。

遠野春日拝

この本を読んでのご意見、ご感想を編集部までお寄せください。

《あて先》〒141－8202　東京都品川区上大崎3－1－1　徳間書店　キャラ編集部気付
「ひと夏のリプレイス」係

【読者アンケートフォーム】
QRコードより作品の感想・アンケートをお送り頂けます。
Chara公式サイト http://www.chara-info.net/

■初出一覧

ひと夏のリプレイス……書き下ろし

ひと夏のリプレイス……【キャラ文庫】

2022年9月30日　初刷

著者　遠野春日
発行者　松下俊也
発行所　株式会社徳間書店
〒141-8202　東京都品川区上大崎3-1-1
電話　049-293-5521（販売部）
03-5403-4348（編集部）
振替　00140-0-44392

印刷・製本　図書印刷株式会社
カバー・口絵　近代美術株式会社
デザイン　百足屋ユウコ+タドコロユイ（ムシカゴグラフィクス）

ISBN978-4-19-901078-1

遠野春日の本

好評発売中

［夜間飛行］全2巻

イラスト✦笠井あゆみ

警視庁でトップを争う優秀なSPが、突然辞職して姿を消してしまった!?　恋人だった脇坂(わきさか)からの一方的な別れに、納得できないでいた深瀬(ふかせ)。そんな深瀬を置いて、なぜか脇坂は秘密裏に中東へと旅立つ。「おまえは今、どんな任務を抱えてるんだ……!?」後を追って辿り着いた異国で、深瀬は失った恋の真実を目撃する——!!

キャラ文庫最新刊

リーマン二人で異世界探索

海野 幸

イラスト✦石田惠美

トラックに撥ねられ目覚めた先は、ゲームの世界!? なぜか居合わせた同僚・遠野と、勇者ルートを回避すべく奔走する隼人だけど!?

ひと夏のリプレイス

遠野春日

イラスト✦笠井あゆみ

自分と対照的な風紀委員長の藤木を避け続ける若宮。ところが仲間で訪れた山で遭難し、気がついたら藤木の体と入れ替わっていて!?

10月新刊のお知らせ

稲月しん イラスト✦小椋ムク [うさぎ王子の耳に関する懸案事項(仮)]

川琴ゆい華 イラスト✦夏河シオリ [スローラブスローライフ(仮)]

六青みつみ イラスト✦稲荷家房之介 [鳴けない小鳥と贖いの王 ～昇華編～]

10/27(木)発売予定